# 红楼人物心理探真

The Authenticity of the Characters in The Dreams of the Red Chamber

仲辉——著

社会科学文献出版社
SOCIAL SCIENCES ACADEMIC PRESS (CHINA)

一切诠释必须剥开作品之外在存在的复杂性和外在的盘根错节关系之重重雾障,显示其深层的简洁和永恒的朴实,犹如剥去其创作者之单纯的历史、"环境"加给它的层层衣饰,使之显露出其永恒的纯洁。

——马克斯·舍勒《楷模与领袖》

# 序

  本书并非一次红学上的努力，而是长年以来对阅读《红楼梦》文本所积累的问题意识的一次诠释学澄清，在我看来，可以算作从心理学与哲学方面对于曹雪芹创作的一次考据。文学有对文字的考据，历史学有对史实的考据，哲学理应也有对真情的考据。如在红学方面，人们尽可以讨论《红楼梦》的作者到底是不是曹雪芹，而本书研究的却是贾宝玉，换言之，假使若干年后有充分的历史文献佐证作者另有其人，但贾宝玉不会变，书中这个角色永远是这个名字。当然，这并不意味着贾宝玉将在历史的现实空间中现其原型，而是以贾宝玉为代表的人物心理将在任一时间中充盈，即使未来的读者也可以从自己或者他人身上找到贾宝玉的人格特征，因之成为一种真实的人之属性。

我自幼喜读《红楼梦》，虽不能像张爱玲自称"我惟一的资格是实在熟读《红楼梦》，不同的本子不用留神看，稍微眼生点儿的字自会蹦出来"①，然亦每隔两三年必将八十回本《红楼梦》通读一遍，好似寻找精神家园，贾宝玉、王熙凤、薛宝钗、林黛玉这些人物早已成为我的朋友和知己，我自己的喜怒哀怨也都在书里了。喜爱这部伟大作品的人或许都会有相似的感受。

有件趣事，为吴组缃所记：他给学生分享经验说，《红楼梦》必须读三遍，才能看懂一些，"不料这句话一说，每次批评运动都把我拽出来批一通。那些人认为《红楼梦》是黄色小说，贾宝玉是'坏分子'，认为我让青年读三遍《红楼梦》是犯了方向性错误。后来毛主席老人家发表了一个言论：'《红楼梦》必须读五遍。'比我的要求还要多出两遍，这才救了我，以后再没人批我了"②。而今，红学研究已

---
① 张爱玲：《红楼梦魇》，哈尔滨出版社，2005，第2页。
② 吴组缃：《〈红楼梦〉的艺术生命》，北京出版社，2020，第2页。

十分独立了，但关于这部作品是否写情而涉淫的争辩仍属一个学术问题，亦即如何还原作者曹雪芹本人的视角，找到诠释作品之关键，我在本书中也尝试回答。如吴组缃在小说情节与明清社会环境等文化史内部分析了主要人物的艺术特色，本书避免重复，而从单纯的创作视角去看主要人物身上深刻的哲学内涵与存在命题，并将曹雪芹与其他拥有世界地位的文豪平行比对，彰显《红楼梦》的非凡价值。总而言之，若想找到研究它的方法，不论方法为何，必须反复读它。

从少年时起，对我影响最大的两部红学论著是张爱玲的《红楼梦魇》与余英时的《红楼梦的两个世界》，我也曾反复阅读。与其说它们是红学著作，不如说是红学著作的"编外篇"。张爱玲之于我，就是灵感，她指出的某些事实，像火花引燃了我的思考，例如她会问：为何曹雪芹预知了弗洛伊德的心理学理论？这个问题对我触动很大，使我瞥见了曹雪芹写作的天才功底，进而使我去关注哲学家康德、魏宁格、舍勒等人关于天才的理论。余英时之于我此次写作，提供了一个较好的框架，"两个世界理论"即现实世界（历史世界）与理想世界（艺术世界），非常简明，因其简明，在诠释上的应用就可以做到广泛。但我认为余英时的框架美则美矣，仍有未竟之处，所以在本书中将现实与理想之对峙修改为现实与真实之判野，以更契合曹雪芹的意图。不过，余英时说"一个在中国文化传统中长大的人谈《红楼梦》，倒也不一定非得借西方的理论来壮胆色不可吧"[①]，是我所不敢苟同的。即使他自己也在论文中借鉴了美国哲学家托马斯·库恩（Thomas Kuhn）的"范式理论"。而我所借鉴的理论范围要宽泛得多，读者自然会看到这一点。

我的研究方法并非红学家所惯用，而是来自我国著名社会学家、翻译家、教育学家潘光旦先生，系从他人生第一部著作《冯小青：一件影恋之研究》中化出。此书对于我写作的指导意义不亚于张爱玲。

---

① 余英时：《红楼梦的两个世界》，联经出版公司，2017。此处引文出自"自序"第6页。此书虽然是论文集，但诸篇前后的逻辑关系非常紧密，如同一部著作的各章。本书在引用时将其视作一部著作，没有提及具体的论文名，只标明书名及页码，特此说明。

《红楼梦》同莎士比亚的《罗密欧与朱丽叶》、歌德的《亲和力》、普鲁斯特的《追忆似水年华》一样，都建立在一种真实之上，即两性心理之基本差异，以及这些差异所造就的人的命运。我在本书中对曹雪芹的文字描写与这些伟大作家的描写进行了心理学根源的对比分析。说曹雪芹是天才，不仅在于他对汉语的语言雕刻能力，还在于他与他们一样洞悉了人类的真理。当人们说莎士比亚作品可代表最好的英文，歌德作品可代表最好的德文，普鲁斯特作品可代表最好的法文时，亦不妨说曹雪芹作品可代表最好的中文。最优秀的语言承载者同时是最可靠的人类观察者。

我在本书中引用的《红楼梦》底本是吴铭恩汇校的《红楼梦脂评汇校本》，它的好处在于不避俚俗，让人物语言都恢复了活生生的气息，正如汇校者所言："红楼梦的人物对话非常生动鲜活，因为这些对话很口语化，让读者有如临其境、如闻其声的感觉。"[1] 通过张爱玲《红楼梦魇》的参详，我甚至认

---

[1] （清）曹雪芹著，脂砚斋评，吴铭恩汇校《红楼梦脂评汇校本》，万卷出版公司，2013，第1025页。

为曹雪芹有从南语向北方话修改的创作阶段，我们如今日常使用的言语或俗语，有一部分来自《红楼梦》，至少与其中人物说话的方式极为熨帖。关于脂砚斋评语系统，吴铭恩的书中也标示得非常清楚。本书也使用了"脂评人"这一称谓，因为脂评系统不尽是两三个人的评注，除了人们熟悉的脂砚、畸笏等署名，还有作者之自评、自注，就像我们当代人写作做注释一般，最突出的例子便是第四回中"护官符"的侧批了。当然还有其他可能的评者，一概可称为"脂评人"。

最后需要提醒读者的是，我在本书中游戏似地区分了"看官"与"读者"。前者指《红楼梦》的读者，源自第一回第一句话："列位看官，你道此书从何而来？"[①] 后者指本书读者。为何做此区分？我想，这本书不仅写给读过《红楼梦》多遍的人看，也写给哪怕没有读过《红楼梦》的人看。我所分析的红楼人物名为贾宝玉、林黛玉，而在心理通情的意义上可能您就是贾宝玉，您就是林黛玉，您与他们有着共同的

---

[①] 《红楼梦脂评汇校本》，第3页。

人格，您如果只撷取心理学及哲学诠释的理论部分来读，也当是有益的。如果此书有幸使您能够读第二遍的话，我还建议换一种读法：第一章《觉来似梦还非梦：〈红楼梦〉纵谈》与最后一章《缠绵谁说梦中因：论曹雪芹》对读，第二章《奇情幻化应难拟：贾宝玉的人格》与第五章"黛玉之真"一节对读，第四章《休将雏凤便轻删：王熙凤的人格》与第三章"贾琏之婚姻"一节对读，等等。正如波兰导演克日什托夫·基耶斯洛夫斯基（Krzysztof Kieslowski）认为的，一部影视作品应当像一件手工艺作品一样，不同视角下应有不同之观察结果。《红楼梦》未完，我也不觉得遗憾，亦如舒伯特的第八交响曲（D759）只有两个乐章，名之"未完成"，却已然完全发展了其中所有乐思。这是唯有天才才能做到的，曹雪芹就是这样一位天才。

# 目　录

序 / 001

**一　觉来似梦还非梦**
　　《红楼梦》纵谈

① 从"梦"说起 / 003
② 情与淫 / 017
③ 天才论 / 032
④ 研究《红楼梦》的方法 / 041
⑤ 先驱者 / 052

**二　奇情幻化应难拟**
　　贾宝玉的人格

① 所谓男风 / 063
② 女儿意象 / 074
③ 太虚一梦 / 088
④ 意淫之评 / 094
⑤ 爱欲死欲 / 100

### 三
### 情天色界两茫茫
其他三位主要男性的性情

❶ 贾瑞之迷恋 / 122
❷ 薛蟠之小我 / 128
❸ 贾琏之婚姻 / 135

### 四
### 休将雏凤便轻删
王熙凤的人格

❶ 英雄 / 155
❷ 母性 / 178
❸ 恶 / 191
❹ 人格之成立 / 201

### 五
### 瑶天星月入红楼
袭人与薛、林的真情实性

❶ 袭人之分 / 214
❷ 宝钗之实 / 231
❸ 黛玉之真 / 250

### 六
### 缠绵谁说梦中因 / 283
论曹雪芹

### 跋 / 301

# 一

## 觉来似梦还非梦

### 《红楼梦》纵谈

## 1. 从"梦"说起

自《庄子·齐物论》以"庄周梦蝶"收尾后,中国文学被给予了一种创作方式,直到《红楼梦》。甲辰本《红楼梦》卷首有梦觉主人一段题词:"夫梦曰红楼,乃巨家大室儿女之情,事有真不真耳。红楼富女,诗证香山;悟幻庄周,梦归蝴蝶。作是书者藉以命名,为之《红楼梦》焉。"① 以梦为主题穿插的文学,还有诸如"临川四梦",即明代汤显祖的四部剧本,将创作与现实的双重真理合一,如《牡丹亭·题词》点出:"天下岂少梦中人耶!"人生在世,难免有虚无之感,将生活经历视作一场大梦,漫无所归,直待觉醒:"既云梦者,宜乎留其有余不尽,犹人之梦方觉,兀坐追思,置怀抱于永永也。"②

俄国作家陀思妥耶夫斯基似乎很少写梦境,③ 但有一

---

① 一粟编《红楼梦资料汇编》,中华书局,1964,第28页。
② 《红楼梦资料汇编》,第29页。
③ 陀氏巨著《卡拉马佐夫兄弟》虽写了四位角色的五个梦,但大都简略,其中篇幅最长、最精彩的一个梦在书中又被认为"这个梦不是梦",不如说是依托梦境来记录一场思想与良心的论辩,即伊凡与魔鬼的对话。它的创作手法上承歌德的《浮士德》,下启托马斯·曼的《浮士德博士》,也成为"梦的文学"的一块界碑。

段关于梦的论述非常贴近庄子拿捏"物化"的心路历程,通过比较,可以找到理解"梦的文学"的端倪:

> 人们有时会做一些奇怪的、不可思议的、不自然的梦;醒了以后,还清清楚楚地记得这些梦,而且对这么一件怪事感到惊讶:A)您首先会记得在您整个做梦期间,您并未失去理智;您甚至会记得,在整个这段很长很长的时间里,您的行动一直非常巧妙而得体……同时在另一方面,B)您的理智又高度紧张,显示出非凡的力量、狡狯、机警和逻辑性,这是什么缘故?为什么在醒来以后,在完全回到现实以后,您几乎每次都感到,有时还特别强烈地感到,您在脱离梦境的同时也失去了一种叫您捉摸不透的东西呢?您会嘲笑您的梦是那么荒唐,同时又会感到,C)在这一团乱麻似的荒唐事件之中包含着一种思想,不过这种思想已是实际存在的东西,是一种属于您的真实生活的东西,它现在存在于、过去也始终存在于您的心中;您的梦仿佛对您预告了什么新颖的、您所期待的事;您的印象是强烈的,它可能是愉快的,也可能是痛苦的,但它究竟是什么,又告诉了您什么,——D)这一

切您既无法理解,也想不起来了。①

正像庄子,A)体会到此种状态才是他真正想要的,在梦中也没有失却理智,清晰地察觉到自己巧妙地变作蝴蝶;B)因为栩栩如生,醒来之后,离去的梦境还在强烈地影响身心,是那样凿凿、昭昭,不免使人产生一种知觉:是我变作了蝴蝶,还是蝴蝶化作我?C)庄周和蝴蝶是有分别的,但这个梦却同样也是庄子真实的人生写照,这里面一定包含着某种思想,庄子抓住它命名为"物化";D)一般人都会有庄子这种做梦的经历,但往往没能够留住"思想",就让梦犹如随烛就影,消隐而去了,人们把无法理解、想不起来的事情皆归于"梦"。

> 昔者庄周梦为胡蝶,栩栩然胡蝶也,自喻适志与!不知周也。俄然觉,则蘧蘧然周也。不知周之梦为胡蝶与,胡蝶之梦为周与?周与胡蝶,则必有分矣。此之谓物化。②

---

① 〔俄〕陀思妥耶夫斯基:《白痴》,南江译,人民文学出版社,1989,第617~618页。A-B-C-D的结构标记是笔者加入的。
② 《庄子·齐物论》。

梦的文学不在于写梦，而在于呈现犹如做了一场留下终身印记的梦之后，俄而觉醒时被抓住的思想。《红楼梦》中①写过七个②主要的梦境：甄士隐梦见一僧一道（第一回）、贾宝玉梦入太虚幻境（第五回）、秦可卿托梦王熙凤（第十三回）、红玉梦贾芸（第二十四回）、贾宝玉梦会甄宝玉（第五十六回）、柳湘莲梦别尤三姐（第六十六回）、尤三姐托梦尤二姐（第六十九回）。除去两次托梦情节以及红玉的梦，其余都与书里要表达的"思想"有关。甚至甄士隐与贾宝玉梦见的是同一个梦境，即书中所记太虚幻境牌坊上的一副对联"假作真时真亦假，无为有处有还无"出现两次，一次在甄士隐梦中，一次在贾宝玉梦中，而关于真与假、有与无，恰恰就是曹雪芹要表达的思想。读者掩卷试思：如果甄士隐与贾宝玉有机会对坐而谈，说起他们的梦境，那么这个梦是真是假呢？还会是一个"您既无法理解，也想不起来了"的所谓"梦"吗？《红楼梦》中能取代这个"梦"字的只有一个"幻"

---

① 指在前八十回中，不含续书。
② 第七十二回王熙凤叙家常说出过一个梦境，庚辰本夹批"实家常触景闲梦"，所以不计在内。另有第七十七回，晴雯向宝玉梦中告别，一笔带过，虽情深动人，也属寻常之梦，不计在内。

字,"幻"即在真、假之间。

乾隆五十六活字本绣像之宝玉梦游太虚幻境

甄士隐醒来时"梦中之事便忘了对半"①,贾宝玉醒来时却"迷迷惑惑,若有所失"②,乃至于过了很久,再

---

① 《红楼梦脂评汇校本》,第10页。
② 《红楼梦脂评汇校本》,第79页。

回到做这梦的房间,"不觉想起在这里睡晌觉梦到'太虚幻境'的事来。正自出神……"①,更有当在现实中看到省亲别墅的牌坊,"倒像那里曾见过的一般,却一时想不起那年月日的事了"②,可见此梦挥之不去,已然成了他的命运,贯穿他的生活。太虚"幻"境这一大篇文章,不仅栩栩然,更令贾宝玉蘧蘧然哉!——现实因为增加了这一点重量而变得更真实了。

法国作家普鲁斯特深谙此理,他曾谈道:"在爱情史里,在爱情与遗忘作斗争的历程里,梦所占的位置比醒着更为重要,梦从不考虑时间上极细微的划分,它取消所有的过渡状态,使巨大的反差变成对立……因为,无论怎么说,我们在梦里总可以得出一切皆真的印象。只有从我们白天的感受里找出的原因才能说明这一切是不可能的,而这种感受在做梦时又是我们看不到的。因此这种不可能的生活在我们眼里似乎就成了真实的。"③

"这一点重量"是《红楼梦》所着力要写的"情"。余英时指出,《红楼梦》的作者"大概曾经有过一段极不

---

① 《红楼梦脂评汇校本》,第142页。
② 《红楼梦脂评汇校本》,第212页。
③ 〔法〕马塞尔·普鲁斯特:《追忆似水年华》(第六卷),刘方、陆秉慧译,译林出版社,2012,第114页。

寻常的情感生活"，然而又有谁会相信曹家果真"确有一位'衔玉而生'的子弟"?① 贾宝玉是口含一块儿美玉诞生的，这在现实经验世界不可置信。"幻"既可以指现实中的不可能，又可以褫夺一切现实，现实经它点醒成"真"，便具有了另一层现实性的意义。

我们且来看他如何写"梦"。

A)"太虚幻境"纯然是一个女儿国，警幻仙子"司人间之风情月债"，"布散相思"②，俨然一位东方爱神。人间之一切色、声、香、味、触、法，在幻境中无所不备，如"群芳髓"（铭香）、"千红一窟"（酽茶）、"万艳同杯"（醇酒）、"《红楼梦》十二支"（仙曲）等，又"那宝玉恍恍惚惚，依警幻所嘱之言，未免有阳台、巫峡之会"③，更不用说"金陵十二钗正册""副册""又副册"（缘法）了。——但读者一定也会注意到，这个梦之所以宛如真实，乃是因为在未入梦之先，秦可卿房中"便有一股细细的甜香袭了人来。宝玉便愈觉得眼饧骨软"④，又"有唐伯虎画的《海棠春睡图》"、秦太虚（秦观）的

---

① 余英时：《红楼梦的两个世界》，第 82~83 页。
② 《红楼梦脂评汇校本》，第 66 页。
③ 《红楼梦脂评汇校本》，第 77 页。
④ 《红楼梦脂评汇校本》，第 64 页。

对联"嫩寒锁梦因春冷,芳气袭人是酒香"(甲戌本此处夹批:已入梦境矣),更有秦可卿的一句话:"我这屋子,大约神仙也可以住得了。"① 这些写实的描写都不是泛泛之笔,点出了香、酒、美人、神仙等现实及理念诸要素,贾宝玉才得以梦中亲历,与真实存在差别无二。反而恰恰是那"飞燕立着舞过的金盘""安禄山掷过伤了太真乳的木瓜""西子浣过的纱衾""红娘抱过的鸳枕"等等琐屑之笔是为掩人耳目、混淆视听的(甲戌本侧批:一路设譬之文,迥非《石头记》大笔所屑,别有他属,余所不知),无非点出贾宝玉即将做他人生的第一场春梦!现实与梦境的"真"实属一念之隔。

B)第二十四回的结尾写得很惊险:红玉在大观园自己房中——

> 忽听窗外低低的叫道:"红玉,你的手帕子我拾在这里呢。"红玉听了忙走出来看,不是别人,正是贾芸。红玉不觉的粉面含羞,问道:"二爷在那里拾着的?"贾芸笑道:"你过来,我告诉你。"一面说,一面就上来拉他。那红玉急回身一跑,却被门槛绊倒。②

---

① 《红楼梦脂评汇校本》,第65页。
② 《红楼梦脂评汇校本》,第312页。

及至翻开第二十五回，才知道红玉被唬醒，原来是做的梦。余英时认为："大观园基本上是一个女孩子的世界。除了宝玉一个人之外，更无其他男人住在里面。因此，只要我们能证明宝玉园中生活是干净的，红楼梦的理想世界的纯洁性也就有了起码的保障。"① 如果未及看到第二十五回，大观园的理想世界几乎崩塌！可见曹雪芹用笔之险峻，将红玉的梦写得影影绰绰，与现实混同。

C）甄宝玉在贾宝玉的梦中露面。没有梦见他之前，对于竟然有一位与自己一模一样的人，"宝玉心中便又疑惑起来：若说必无，然亦似有；若说必有，又并无目睹"。② 明眼的读者从这句就可看出是从"无为有处有还无"化用出来的。此梦中的甄宝玉睡在榻上，恰好也在做梦，梦到贾宝玉：

> 宝玉听说，忙说道："我因找宝玉来到这里。原来你就是宝玉？"榻上的忙下来拉住："原来你就是宝玉？这可不是梦里了。"宝玉道："这如何是梦？真且又真了。"一语未了，只见人来说："老爷叫宝玉。"唬得二人皆慌了。一个宝玉就走，一个宝玉便

---

① 余英时：《红楼梦的两个世界》，第 57 页。
② 《红楼梦脂评汇校本》，第 675 页。

忙叫："宝玉快回来，快回来！"

　　袭人在旁听他梦中自唤，忙推醒他，笑问道："宝玉在那里？"此时宝玉虽醒，神意尚恍惚，因向门外指说："才出去了。"袭人笑道："那是你梦迷了。你揉眼细瞧，是镜子里照的你的影儿。"①

袭人用现实中的镜子解释"梦迷了"。第二回甲戌本侧批："甄家之宝玉乃上半部不写者……以遥照贾家之宝玉。凡写贾宝玉之文，则正为真宝玉传影。"②恰好也用了"照""影"二字。

　　"迷"翻过来是"悟"，睡梦中的迷与悟，即中文里的"寐"与"寤"。若列位看官忘记了第一次照镜子的经历，可去重温《红楼梦》中刘姥姥最初看到镜子的感受（第四十一回）。然而，贾宝玉的这个梦岂不就像庄子所说"梦之中又占其梦焉"？③ 中国人喜占梦，为的是寻真意。这里所谓"真且又真了"，却依旧是梦。余英时说："我们仅知的'甄宝玉送玉'便可断定其非真实人生中所

---

　　① 《红楼梦脂评汇校本》，第676页。
　　② 《红楼梦脂评汇校本》，第28~29页。
　　③ 《庄子·齐物论》。

能有的。"① 可见甄宝玉这个角色本身就是幻笔。"甄宝玉送玉"的情节是从脂砚斋批语中透露出来的,照应着通部小说的一大关节,所以,甄宝玉一定是让贾宝玉"悟彻"的那个人,是让他翻过来的那个人,"觉而后知其梦也,且有大觉,而后知此其大梦也"②。如果甄宝玉是高鹗续书中的一名"禄蠹"③,甄、贾二人现实中相见却并未谈"情"之大旨,则难成文矣。梦有时是照影的一面镜子,有待而待者乎?这个问题有点类似"罔两问景"④。风月在现象中就像这镜子里"情"的影子。曹雪芹所要寓意点明的真假有无难道不是镜花水月?

D)尤三姐自刎后,柳湘莲在似梦非梦之间见她来告别——

> 湘莲不舍,忙欲上来拉住问时,那尤三姐便说:"来自情天,去由情地。前生误被情惑,今即耻情而觉,

---

① 余英时:《红楼梦的两个世界》,第82页。
② 《庄子·齐物论》。
③ 参见高鹗续书之"证同类宝玉失相知"一回。
④ 罔两问景曰:"曩子行,今子止,曩子坐,今子起,何其无特操与?"景曰:"吾有待而然者邪!吾所待又有待而然者邪!吾待蛇蚹、蜩翼邪!恶识所以然?恶识所以不然?"(《庄子·齐物论》)

与君两无干涉。"说毕,一阵香风,无踪无影去了。①

乾隆五十六年活字本绣像之尤三姐

"惑"同"迷","觉"同"悟"。"情"所穿透的不仅是寤寐两边,此际已为生死两端。

---

① 《红楼梦脂评汇校本》,第 793 页。

己卯本《红楼梦》第三十二回回前录有一诗,全文如下:

前明显祖汤先生有怀人诗一绝,读之堪合此回,故录之以待知音:
无情无尽却情多,情到无多得尽么?
解到多情情尽处,月中无树影无波。[1]

而汤显祖《牡丹亭·寻梦》有一支曲:

【前腔】为我慢归休,缓留连。听,听这不如归春暮天,难道我再,难道我再到这亭园,则挣的个长眠和短眠![2]

对于《牡丹亭》的女主人公杜丽娘而言,春即是情天、情地,这亭园是她生活的现实,也是梦境,当她四处找寻春天,即便蠲弃生死,也愿春天留驻。"长眠"就是生死,"短眠"就是寤寐。

---

[1]《红楼梦脂评汇校本》,第401页。汤显祖原诗题为《江中见月怀达公》。

[2]（明）汤显祖著,（明）王思任评《王思任批评本牡丹亭》,李萍校点,凤凰出版社,2011,第36页。王思任批评此曲牌说:"不知说甚,絮絮叨叨!"一笑。

另，庚辰本第二十一回回前：

> 有客题《红楼梦》一律，失其姓氏，惟见其诗意骇警，故录于斯：
> ……
> 是幻是真空历遍，闲风闲月枉吟哦。
> 情机转得情天破，情不情兮奈我何？①

《红楼梦》中回前录诗，惟上述两例。情天、情地，有情、无情，是幻，是真，显然在梦的文学思想中一脉相承。读者试思：如果不是用情至深，又何必慨叹人生如梦似幻？

以上四个例子都是为了揭示曹雪芹的创作手法以及他的思想核心。他写梦不可谓不多，几乎没有重复的笔法，凡竭力写处，都试图打破情关，写得真切极了，往往让人分不清庄周和蝴蝶。在"梦"这个主题下，包含的是现实与真实之分。真实不论怎样变幻，或者其本身即是幻境，也无碍于情的穿透力量到达它的边界。越是需要用幻笔处，小说越是写得真实，无不细细描画出，如太虚幻

---

① 《红楼梦脂评汇校本》，第262页。此处引用省略了其诗的前两联。

境、大观园①、通灵宝玉，甚至冷香丸，皆为惊艳之笔，使人沉醉。

## 2. 情与淫

古有称《红楼梦》为"情书""幻书"者（乐钧）：

> 《红楼梦》……而实情书。其悟也，乃情之穷极而无所复之，至于死而犹不可已，无可奈何而姑托于悟，而愈见其情之真而至。……盖两人之情，未尝不系乎男女夫妇房帷床第之事，何也？……夫情者，大抵有所为而实无所为者也，无所不可而终无所可者也，无所不至而终无所至者也。两人之情，如是而已。……知此乃可以言情，言情至此乃真可以悟。或曰《红楼梦》幻书也。②

也有贬其为"淫书"者（陈其元）：

> 淫书以《红楼梦》为最，盖描摹痴男女情性，

---

① 余英时认为"大观园便是太虚幻境的人间投影。这两个世界本来是叠合的"（《红楼梦的两个世界》，第44页）。
② 《红楼梦资料汇编》，第347~348页。

其字面绝不露一淫字,令人目想神游,而意为之移,所谓大盗不操干矛也。①

更有因"淫词小说"之名将它连同诸多续书烧毁之令(同治七年)。②

至此列位看官会想起《红楼梦》写过一面镜子,即"风月宝鉴",照它反面是骷髅白骨,照它正面是云雨欢会,众人要烧它。

> 只听镜内哭道:"谁叫你们瞧正面了!你们自己以假为真,何苦来烧我?"③

毁一面镜子,为什么不砸碎,反倒要烧?

风月宝鉴并不仅仅是这面镜子的名字,根据脂评本,我们知道它曾是曹雪芹早先创作的一部作品的名字。如"脂砚斋重评石头记凡例"第一句,就指出《红楼梦》又叫《风月宝鉴》等;又第一回甲戌本眉批:雪芹旧有《风月宝鉴》之书,乃其弟棠村序也。——所以既是书,又是镜子。

---

① 《红楼梦资料汇编》,第382页。
② 参见《红楼梦资料汇编》"江苏省例"一条,第379页。
③ 《红楼梦脂评汇校本》,第154页。

自从《风月宝鉴》收入《红楼梦》后，书中才有太虚"幻"境。张爱玲注意到，在庚辰本抄本的一条眉批旁有小字注"幻"，提醒抄手把"玄境"改作"幻境"，原初《风月宝鉴》中所用"太虚玄境"一名这才被清一色改为"太虚幻境"。① 《风月宝鉴》不仅原本包含贾瑞正照风月鉴的故事，另有秦可卿以及尤二姐、尤三姐的故事，"在将《风月宝鉴》收入此书的时候，有了秦可卿与二尤，才有贾珍尤氏贾蓉，有宁府"②，"原先连贾赦都没有，只有贾政这一房"③。看官知道，贾瑞、秦可卿、二尤，乃至贾赦，都涉及淫行。余英时看出"贾赦这个人在红楼梦里可算得是最肮脏的人物之一。红楼梦里有一条无形的章法，即凡是比宝玉长一辈的人，对他的不堪之处，描写时多少都有相当的保留，这也可以说是'为尊者讳'吧！所以书中极力渲染的脏事情，大都集中在贾珍、贾琏、薛蟠等几个宝玉的平辈身上"④。如果余英时能够关注到张爱玲的看法，那么他会发现，凡是涉及"脏事情"

---

① 张爱玲：《红楼梦魇》，第 196~197 页。
② 张爱玲：《红楼梦魇》，第 170 页。
③ 张爱玲：《红楼梦魇》，第 199 页。这句是说"荣府"。
④ 余英时：《红楼梦的两个世界》，第 49 页。

的情节均是从《风月宝鉴》一书移植来的。①

为什么曹雪芹要把这些风月文章补进一部"情书"之中，不经意从另一面看，就会变成"淫书"呢？《红楼梦》究竟淫否？为了回答这个问题，须审视这部书中最"淫"的一段描写。第二十一回写"多姑娘"：

> 谁知这媳妇有天生的奇趣，一经男子挨身，便觉遍身筋骨瘫软，使男子如卧棉上，更兼淫态浪言，压倒娼妓，诸男子至此岂有惜命者哉。那贾琏恨不得连身子化在他身上。②

庚辰本夹批："淫极！亏想的出！"另有眉批："一部书

---

① 这里有必要澄清一下《红楼梦》的成书渊源。张爱玲这样写道："此书原名'石头记'，改名'情僧录'。经过十年五次增删，改名'金陵十二钗'。'金陵十二钗'点题的一回内有十二钗册子，红楼梦曲子。畸笏坚持用曲名作书名，并代写'凡例'，径用'红楼梦'为总名。但是作者虽然在楔子里添上两句，将'红楼梦'与'风月宝鉴'并提，仍旧归结到'金陵十二钗'上，表示书名仍是'十二钗'，在一七五四年又照脂砚的建议，恢复原名'石头记'。大概自从把旧著《风月宝鉴》的材料搬入《石头记》后，作者的弟弟棠村就主张'石头记'改名'风月宝鉴'，但是始终未被采用。"（《红楼梦魇》，第104页）且备一说。

② 《红楼梦脂评汇校本》，第271页。

中,只有此一段丑极太露之文,写于贾琏身上,恰极当极!……看官熟思:写珍、琏辈当以何等文方妥方恰也?……此段系书中情之瘕疵……"

脂评人透露出两点看法,其一,这一段更多的是为写贾琏;其二,淫是情之瑕疵。故而有为作者开脱之嫌。然而曹雪芹未必需要代为开脱,能不能跳出来看?——英国心理学家霭理士(Havelock Ellis)的《性心理学》提到:

> 女子当春机发陈的年龄,所表示的性的欲望,大抵不在性的交合,而在接吻或拥抱一类比较纯粹的触觉的行为。……十八世纪的一部性爱小说里写道:"她尽管竭力地撑拒,挣扎,想摆脱他的两臂的环抱,但一望而知她的目的无非是要把他和她接触的点、面、线,尽量地增加。"……触觉对于恋爱的重要,在一般女子的认识里,也是一种良知良能,这又是一点足以证明触觉在性生活里,比起其他知觉来,实在是最太初与原始的。①

---

① 〔英〕霭理士:《性心理学》,潘光旦译注,商务印书馆,1997,第55~56页。

我们不知道这部18世纪的性爱小说中的女主人公是谁，但她虽然羞怯，却和多姑娘一样，把对触觉感受的需求放在了性活动的首位，充当原动力，所不同的是，多姑娘对此毫无掩饰及避讳。无独有偶，奥地利哲学家、心理学家魏宁格（Otto Weininger）也认为女人的触觉比男人敏感，①而且，"男人体现为从事性活动的强度，女人则体现为性活动及其附带活动在全部生命活动中所占的比例。区分这两种表现是很重要的"②。曹雪芹写出的"淫态浪言"是多姑娘展现的天然欲求，简言之，是她生命活动的一部分。没有性心理学的帮助，被文字描写裹足的人，一定浸在"淫"字里迈不开步子，而曹雪芹的胆识、想象，切中了心理学的原则问题。

多姑娘这个角色在《红楼梦》中是很闪亮的，几乎让人过目不忘。根据张爱玲的参详，各抄本在如何保留、刻画这个角色方面也颇费考量，如她指出第七十七回出现的"灯姑娘"实际就是多姑娘：

> "灯姑娘"也就是多姑娘。"灯姑娘"这名字的

---

① 〔奥〕魏宁格：《性与性格》，肖聿译，外语教学与研究出版社，2017，第120页。
② 〔奥〕魏宁格：《性与性格》，肖聿译，第108页。

由来，大概是《金瓶梅》所谓"灯人儿"，美貌的人物，像灯笼上画的。比较费解，不如"多姑娘"用她夫家的姓，容易记忆，而又俏皮。①

余英时认为曹雪芹让书中"最淫荡不堪的灯姑娘"佐证了宝玉与晴雯的清白，即证明"红楼梦的悲剧性格是一开始就被决定了的……曹雪芹所创造的两个世界之间存在着一种动态的关系……这个动态的关系正是建筑在'情既相逢必主淫'的基础之上"②。所谓两个世界，即"'清'与'浊'，'情'与'淫'，'假'与'真'，以及风月宝鉴的反面与正面"③。

情与淫是什么关系？秦可卿的姓谐音"情"，故而她的弟弟"秦钟"犹云"情种"。第七回甲戌本夹批说："古诗云：'未嫁先名玉，来时本姓秦。'二语便是此书大纲目、大比托、大讽刺处。"或许这个姓就是从这句诗化来的（"玉"字已经用在了宝玉、黛玉的名字里）。秦氏姐弟二人是从《风月宝鉴》借取而来。④ 甲戌本有一段批语经常被

---

① 张爱玲：《红楼梦魇》，第113页。
② 余英时：《红楼梦的两个世界》，第58~59页。
③ 余英时：《红楼梦的两个世界》，第41页。
④ 张爱玲：《红楼梦魇》，第90页。

引用，是因为它透露出一些创作始末，其中关键一句说"秦可卿淫丧天香楼，作者用史笔也"。张爱玲言道：

> "史笔"是严格的说来并非事实，而是史家诛心之论。想来此回内容与回目相差很远，没有正面写"淫丧"——幽会被撞破，因而自缢——只是闪闪烁烁的暗示，并没有淫秽的笔墨。但是就连这样，此下紧接托梦交代贾家后事，仍旧是极大胆的安排，也是神来之笔，一下子加深了凤秦二人的个性。①

史笔不是写史之意，而是刺淫之论。将"情"与"淫"集于一个角色身上，是曹雪芹用笔的高妙处，不然，秦可卿这个人物无甚内涵，在金陵十二钗的形象中也单薄。正如宋淇所说，如果没有托梦的情节，秦可卿实在没有资格跻身于十二钗之列，虽然名居最末。② 尽管她因淫的遭遇而自缢（尤三姐自刎、尤二姐自逝也都是因为"淫"），书中并没有秦可卿的具体淫行，或谓作者删掉了，正是不写之写（二尤的"聚麀之诮"也写得闪闪烁烁），暗示了

---

① 张爱玲：《红楼梦魇》，第89页。
② 宋淇：《红楼梦识要——宋淇红学论集》，中国书店出版社，2000，第23页。

曹雪芹理解情与淫关系的关键。"史笔"是指只写一面，另一面则自行显露，读者自然看得明白，故他费了那么多笔墨写秦可卿的丧事。二尤的故事也类似，这就是批书人所谓的"史公用意"（见戚序本第六十九回回前批语）。

《红楼梦》中被"淫"字沾染的女性都因为其他德行而一洗前尘，如秦可卿托梦虑及贾家后世子孙，能识大体，又如尤三姐之语情天、情地，并尤二姐之贤良，但作者还是不忘注一笔："虽然如今改过，但已经失了脚，有了一个'淫'字，凭他有甚好处也不算了。"① 由此可见，《风月宝鉴》中的女性角色与钗、黛相比，虽不是纯情的清净女儿，但在曹雪芹笔下仍风采多姿，瑕不掩瑜，写她们均用史家笔意，也是因为她们各有长情。

关于情与淫的关系，曹雪芹辨析得很清楚，通过警幻之口说出：

> 好色即淫，知情更淫。是以巫山之会，云雨之欢，皆由既悦其色，复恋其情所致也。
>
> ……如世之好淫者，不过悦容貌，喜歌舞，调笑无厌，云雨无时，恨不能尽天下之美女供我片时之趣

---

① 《红楼梦脂评汇校本》，第782页。

兴，此皆皮肤滥淫之蠢物耳。①

书中另有批语颇可玩味：

> 可笑近时小说中，无故极力称扬浪子淫女，临收结时，还必致感动朝廷，使君父同入其情欲之界，明遂其意，何无人心之至！……得遂其淫欲哉！②

脂评人明指"小说"，是说曹雪芹要翻小说的俗套。

曹雪芹在开卷第一回说：

> 历来野史，或讪谤君相，或贬人妻女，奸淫凶恶，不可胜数。更有一种风月笔墨，其淫秽污臭，涂毒笔墨，坏人子弟，又不可胜数。至若佳人才子等书，则又千部共出一套，且其中终不能不涉于淫滥……③

可见他有明确的创作意识，并且得到了亲友认可。从反面看，他欲驱散滥淫以免其流毒人世；从正面看，以情为切入做反省，找到淫之根源，正本清源。警幻的话与秦可卿的判词也相通，即"情天情海幻情身，情既相逢必主淫"。

---

① 《红楼梦脂评汇校本》，第76页。
② 《红楼梦脂评汇校本》，第23页。
③ 《红楼梦脂评汇校本》，第6页。

**甲戌本脂批书影**

曹雪芹创作意图的此项内涵非常具有思想性，遭遇现实之淫的人生是可以重返情之真实境界的。我想举《追忆似水年华》中一段对"淫"的描写加以印证。主人公与女友阿尔贝蒂娜正当热恋之时：

> 每当夜深我俩分手的时候,她总要把舌头伸进我的嘴里,仿佛这就是我每天的食粮和营养品,世上有着那么些肉体,我们为之所受的痛苦,最终会使我们享受到一种精神上的愉悦,她的舌头就有这么一种近乎神圣的品质。①

固然,接吻可以是肌肤之亲,也可以说是神圣爱情的象征。待读者回溯到此前数卷文字中出现的另一段,才能摸清这个动作的深意:

> 我相信存在着一种用嘴唇获得的知识;我之所以认为我马上就要尝到这朵肉玫瑰花的滋味,是因为我没有想到,人尽管比海胆,甚至比鲸鱼高级,但仍缺少一定数量的器官,尤其是缺少接吻的器官。于是,人就用嘴唇来代替这个缺少的器官。……况且,嘴唇在同肉体接触时,即便变得更驾轻就熟,更精于此道,也显然不可能体味到更多的大自然阻止它们体味的滋味,因为在这个找不到食物的荒漠上,它们形单影只,茕茕孑立,视觉和嗅觉早已相继把它们抛弃。

---

① 〔法〕马塞尔·普鲁斯特:《追忆似水年华》(第五卷),周克希、张小鲁、张寅德译,译林出版社,2012,第2页。

……唉！真可惜——因为对于接吻，我们的鼻孔和眼睛长的不是地方，正如我们的嘴唇不是专门用来接吻的器官一样——我的眼睛突然看不见了，接着，我的鼻子挤扁了，什么味道也闻不到了，根据这些令人讨厌的征象，我知道我终于在吻阿尔贝蒂娜的脸蛋了，可是我却还是没有品尝到我渴望已久的玫瑰花的滋味。①

唉！真尴尬——因为身体器官的有限性和功能的单向性，又往往使人欲壑难填，为此而如警幻所言"恨不能尽天下之美女供我片时之趣兴"，真可谓"淫"也，淫的本义是指漫溢无度；亦如普鲁斯特所言，世上有这么多肉体，我们为之而痛苦。当然是受限的痛苦。而另一种可能是，这朵肉玫瑰成了情感寄托，"悦其色，复恋其情"，找到一种"近乎神圣的品质"。虽则稍可为淫正名，但仍不得究竟。

情与淫的表达充满交互性。如霭理士所言："要知道性冲动有一个特点，和饮食冲动大不相同，就是，它的正常的满足一定要有另一个人帮忙，讲到另一个人，我们就

---

① 〔法〕马塞尔·普鲁斯特：《追忆似水年华》（第三卷），潘丽珍、许渊仲译，译林出版社，2012，第361~362页。

进到社会的领域,进到道德的领域了。"① 在两个人之间发生的,难免不受到社会价值与伦理道德的规范。即便贾宝玉与林黛玉的爱情也受到最广泛的干扰,社会之荣衰、伦理之弊利,或襄助或牵绊,往往缠绕二人身外。所以,曹雪芹似乎执意要建立一个纯情世界,当作人的存在的理想国,《红楼梦》第一回以僧道作引,暗示结局因情转空,又屡屡寄托太虚幻境来注销种种情案,可见在他心中,情与淫的交互性的消解,始终是创作的枢机与玄关。

政治学家萨孟武着实指出一点:《红楼梦》记事不忘吃饭,数回之中,必有一次提到吃饭。② 在我看来,《红楼梦》是写吃饭写得最多的小说了,要么三番五次地写吃饭场景,要么两三回中一定用吃饭来截住或推进情节发展。萨孟武引《礼记注疏》,将孔子"饮食男女,人之大欲存焉"以及"君子之道,造端乎夫妇"并举,来印证《红楼梦》创作的先进性,即《红楼梦》没有忘记人之为人的两大欲望。"欲"这个字更贴近个人,不像"情"和"淫"包括了人与人之间的社会或道德属性。作为个体的

---

① 〔英〕霭理士:《性心理学》,潘光旦译注,第11页。
② 萨孟武:《〈红楼梦〉与中国旧家庭》,北京出版社,2016,第179~180页。

人，都是有性欲的，就像有食欲一样。

霭理士讲道：

> 人生以及一般动物的两大基本冲动是食与性，或食与色，或饮食与男女，或饥饿与恋爱。它们是生命动力的两大源泉，并且是最初元的源泉，在人类以下的动物界中，以至于生物界中，生命的全部机构之所由成立，固然要推溯到它们身上，而到了人类，一切最复杂的文物制度或社会上层建筑之所由形成，我们如果追寻原要，也得归宿到它们身上。①

如此之"东圣西圣，心同理同"的道理，难道曹雪芹没有观照？且看第一回：

> 历来几个风流人物，不过传其大概以及诗词篇章而已，至家庭闺阁中一饮一食，总未述记。再者，大半风月故事，不过偷香窃玉、暗约私奔而已，并不曾将儿女之真情发泄一二。②

这难道不是明显的小说家的创作意识？所谓"一饮一食"

---

① 〔英〕霭理士：《性心理学》，潘光旦译注，第487页。
② 《红楼梦脂评汇校本》，第9页。

"儿女之真情",成了历来小说翻案的资本。

除了多姑娘那一节,曹雪芹没有写任何现实的性活动,他写的多为角色的性观念,即个体欲望之形态,哪怕贾珍、贾琏、贾蓉、薛蟠等这些所谓淫人,都具备不同的性观念之模式;所以不能以道德上一个"淫"字抹杀他创作的艰辛,将这些人物一概看作被贬斥的无价值物。纵然脂评人一贯嬉笑怒骂,但在创作上,曹雪芹比脂砚、畸笏等人更自由,在男女性格的两极,以及每一个男性与女性角色的刻画方面,无不精雕细凿,惟妙惟肖。他实践了一种心理学上性格论的深刻尝试。

《红楼梦》不是淫书,而是寓真情与纯情于其中的真实之作。本书即要证明它是这样一部人性之书,广泛地包罗人之心理、人格的真理内涵。读者请思:如果没有多姑娘那一段的放手一写,只有满纸钗、黛的闺阁琐事,如果没有二尤、秦可卿生前身后转变的对照,《红楼梦》还是中国历史上前无古人后无来者的一部皇皇巨著吗?

## 3. 天才论

张爱玲称在中国历史上,小说"发展到《红楼梦》

是个高峰，而高峰成了断崖"①。《红楼梦魇》中又数次称曹雪芹为"天才"：

>曹雪芹的天才不是像女神雅典娜一样，从她父王天神修斯的眉宇间跳出来的，一下地就是全副武装。从改写的过程上可以看出他的成长，有时候我觉得是天才的横剖面。②

她赞同宋淇提出的，曹雪芹的创作耦合亚里斯多德的三一律，③还有一句说："此书确实做到希腊戏剧的没有一个闲人，一句废话。"④

张爱玲的视野广，她熟悉传统的古典小说，俯瞰文学脉络，又对西方作品了解甚多，自己也从事创作。经历了文艺氛围和文艺理论两百年变革，仍被同行视作天才的，无疑确是天才。然而，曹雪芹之天才内涵又是什么呢？

《红楼梦魇》中有一段论述值得留意。前文所引第二十四回红玉做梦的情节似乎有个破绽，因为到了第二十六

---

① 语出《国语本〈海上花〉译后记》。载（清）韩邦庆《海上花落》，张爱玲译注，北京十月文艺出版社，2021，第334页。
② 张爱玲：《红楼梦魇》，第2页。
③ 张爱玲：《红楼梦魇》，第148页。
④ 张爱玲：《红楼梦魇》，第237页。

回才写红玉看见贾芸拿的手帕像是自己以前丢的。张爱玲疑问道:

> 红玉的梦写得十分精彩逼真,再看下去,却又使人不懂起来。两回后宝玉病中她与贾芸见面,她才看见他的手帕像她从前丢了的那块,怎么一两个月前已经梦见她丢了的手帕是他捡了去,竟能前知?当然,近代的ESP① 研究认为可能有前知的梦。中国从前也相信有灵异的梦。但是红玉发现这梦应验了之后,怎么毫无反应?是忘了做过这梦?
>
> 是否这梦不过表示她下意识里希望手帕是他拾的?曹雪芹虽然在写作上技巧上走在时代前面,不可能预知弗洛伊德"梦是满足愿望的"理论。但是心理学不过是人情之常,通达人情的天才会不会早已直觉地知道了?②

使张爱玲惊讶的不是曹雪芹关于手帕的描写金针暗度,毫无痕迹,而是从心理学角度看,他在创作中已经预先运用并模拟了百年之后心理学的理论成果。通达人情的意思是

---

① 即"超感官知觉"(Extra Sensory Perception)。
② 张爱玲:《红楼梦魇》,第177页。

通达人性之真情实况，好似破绽的地方倒成了天才之通达的依据。

魏宁格说："天才就像独创性和个性一样，总是表现为一种全面的多产性（general productiveness）。"①《性与性格》分析了"天才"的属性，我觉得可以应用于许多著名作家。曹雪芹创造了四百多个人物，张爱玲提醒我们："书中几百个人物，而人名使人过目不忘，不是没有原因的。"② 为角色起一个名字，也需要费尽心思，因为那是人物性格的本质以及情节过渡的标记。魏宁格刚好也提到了这一点："请想一想，和普通人相比，伟大的诗人能多么深入地把握人的本质。再想一想，莎士比亚或者欧里庇得斯在他们的戏剧中塑造了多少不同性格的人物。或者想想左拉在他的小说里是怎样出色地区分了人类的不同性格的。"③ 如是看来，十二钗何尝不是十二种基础色彩——

> 天才就是那种禀赋更复杂、更丰富、更多样的人。一个人个性中容纳的人越多，他就越近于天

---

① 〔奥〕魏宁格：《性与性格》，肖聿译，第123页。
② 张爱玲：《红楼梦魇》，第226页。
③ 〔奥〕魏宁格：《性与性格》，肖聿译，第124～125页。

才。……理想的天才艺术家应当生活在每一个人的心里,应当让自己融入每一个人的心里,应当通过众人去揭示自己……应当将一切人融合成一个整体,而那个整体就是他自己。①

且看掺杂在"红楼梦十二支曲"处的一些批语。

第二支【终身误】甲戌本眉批:语句泼撒,不负自创北曲。——是说曹雪芹所填曲牌自成一格,照应第一回中夹批曰:"余谓雪芹撰此书,中亦有传诗之意。"故书中绝大多数诗词、对联、灯谜等应多为作者所述;然而他安排在每个角色之下、以角色之笔所写出的诗词显得各有千秋(钗、黛第一次作诗在第十八回,已经深具角色个性)。

第五支【分骨肉】戚序本夹批:探卿声口如闻。——是说好像听到了探春的语气。又第七支【世难容】第一句后甲戌本侧批:妙卿实当得起。——是说作者这样评价妙玉很是得当。第十三支【好事终】是为秦可卿画像,甲戌本夹批:是作者具菩萨之心,秉刀斧之笔,撰成此书,一字不可更,一语不可少。——也是从创作立意谈出。

---

① 〔奥〕魏宁格:《性与性格》,肖聿译,第126页。

第三支【枉凝眉】之后，原文"因此也不察其原委，问其来历，就暂以此释闷而已"，甲戌本眉批："妙！设言世人亦应如此法看此《红楼梦》一书，更不必追究其隐寓。"

其上诸评语透露三点：曹雪芹作为诗人的身份在小说布排之中时有凸显；他与笔下角色的各种人格是共在的；读者应关注他的创作本身，弦外之音实难追索。或许因为这是创造者海纳百川的一种天才痕迹。

魏宁格说：

> 一个人的心理资质，会因为他积累的经验的组织结构不同而有所不同，所以，资质越好，他就越容易记住自己的全部历史，记住自己想过、听过、见过、做过、知觉过和感受过的每一件事情；而再现自己一生时，他回忆起来的事实也就会越完整。可见，完全记住自己的一切体验，这种能力就是天才的最确切、最普遍、最易识别的标志。①

如果曹雪芹被认定是天才，那么他在过往经验中去组织一切可以完整再现的历史，就显得游刃有余，自然能把每个

---

① 〔奥〕魏宁格：《性与性格》，肖聿译，第134页。

角色写得丝丝入扣。"从来没有一位天才不是人类的洞察者。"① 这是魏宁格提到的文艺创作的一条心理学通则：

> 一个人区分异同能力的大小，必定取决于他的记忆。有些人的"过去"始终浸透在他的"当前"之中，其生活中的所有瞬间都融为一体，在这种人身上，分辨异同的机能最为发达。这样的人最有机会找出那些共同之处，从而发现可以用于对比的材料。他们总是能从"过去"当中抓住与"当前"经验最相似的东西，因而这两种经验便会结合在一起，使一切异同之处都一清二楚，毫无遗漏。这样一来，他们就可以维护"过去"，使它不受"当前"的影响。所以，从无法追溯的古代开始，充满了恰切的对比和生动的画面感，这个特点就一直被人们看作诗歌的特殊长处，这就不足为怪了。同样，我们阅读荷马、莎士比亚或者克洛卜施托克的时候往往会耐心等待自己喜欢的形象出现，并一次次地被它们打动，这也毫不奇怪了。②

《红楼梦》的读者何尝不是一次又一次盼望自己心爱的角

---

① 〔奥〕魏宁格：《性与性格》，肖聿译，第130页。
② 〔奥〕魏宁格：《性与性格》，肖聿译，第137页。

色、场景在眼前浮现,乃至掩卷回思,其景历历如画。这其中有个道理:作家在创作时用到的是他记忆(memory)的能力,不能将之与回忆(recollection)混为一谈。所谓回忆,譬如写日记,努力还原当日经历过的事件之面貌,总让人绞尽脑汁地回过头去找、去看;而记忆是依靠某种对于相似事件的熟悉感觉,哪怕忘记了事物的名字、形状或者事件发生的具体时空、规定,也能普遍地、鲜活地进行创造的心灵活力。天才对于事情保持的熟悉感比一般人强很多,过去的连续性意识表现得异常活跃,一般人要返回去想半天,而他们却可以独具匠心,化物入神。① 写小说毕竟不是写日记。② 如果读者知道《追忆似水年华》中阿尔

---

① 参看〔奥〕魏宁格《性与性格》,肖聿译,第 165~166 页。
② 如魏宁格所言:"天才不是一幅错综复杂的拼图,不是无数元素的化合物。……天才的自我就是整体,天才的生活是整一的。天才能把自然和一切存在看作一个整体,他能直觉地(这个词正是张爱玲所用到的——引者注)把握事物之间的关联,而他并没有在事物之间建起石桥。所以说,天才不可能是一位经验心理学家,不可能慢吞吞地收集细节,再通过联想把它们联系起来;天才也不可能是一位物理学家,不可能把世界想象成原子与分子的化合物。天才者总是生活在整体的幻想里,而正是从这种幻想当中,天才者才理解了构成整体的各个部分。……天才者都是思想深刻的人,其深刻程度与其天才成正比。"(《性与性格》,肖聿译,第 193 页。)

贝蒂娜的原型是一位男生，会不会讶异？追忆之"忆"乃记忆而非单纯回忆。我们今天对于普鲁斯特是如何创作的可见资料的掌握远远多于曹雪芹，或许只有脂砚斋批语系统为我们提供了管窥的孔道，然而又何以能够见全豹？大概《红楼梦》文字本身是最值得检视并思考的材料，不若经由张爱玲、魏宁格等人的视界将其聚焦、拉远，如同在望远镜中去发现，①才能将曹雪芹的天才披露一二。这是因为——

> 天才通过其作品确定了自己在地球上的不朽，因而三重地超越了时间。他融会一切的悟性和记忆，完全防止了其经验化为乌有，而他的经验中逝去的每个瞬间都能够永远存留。天才者的诞生不依赖时代，天才者的作品永远不会死亡。②

这几句话用在曹雪芹及《红楼梦》上，也非常合适。③

---

① 如普鲁斯特所言："读者在阅读的时候全都只是自我的读者。作品只是作家为读者提供的一种光学仪器，使读者得以识别没有这部作品便可能无法认清的自身上的那些东西。"（〔法〕马塞尔·普鲁斯特：《追忆似水年华》（第七卷），徐和瑾、周国强译，译林出版社，2012，第 211 页。）
② 〔奥〕魏宁格：《性与性格》，肖聿译，第 156 页。
③ 关于曹雪芹之天才的进一步说明请参见本书第六章。

## 4. 研究《红楼梦》的方法

历来研究《红楼梦》的方法可归结为：详、勘、考、评。

详者寡，评者众，因以成势。所谓"详"，是从张爱玲自命"五详红楼梦"的说法中拈出的，她不仅是小说的阅读者、校勘者，还能够从单个字，例如"嫽""侙""嗄"在各抄本中出现使用的情形，以及最终被排挤出定稿的过程，像抓住了几个线头，理出曹雪芹创作意识的发展途径及原委，阐明他的写作原则。这一点似乎还没有其他人能做。当然参详离不开勘订、考据，但是它多出了一条平行线，即她似乎与他一起写作，分享写作的秘密。有批评者认为张爱玲的参详不免"主观"，还不如说张爱玲有作家的意识，自然与一般人读《红楼梦》不同，即使她也可能在校勘中出错，但她能做到的，别人已无法望其项背。

校勘虽是红学的基本方法，但实与参详互通。张爱玲曾谈到一个有趣的观点："续书第九十二回'宝玉也问了一声妞妞好'，称巧姐为妞妞，明指是满人。换了曹雪芹，决不肯这样。要是被当时的人晓得十二钗是大脚，不知道作何感想？难怪这样健步，那么大的园子，姊妹们每顿饭出园来吃。"①因为张爱玲的生存时代及背景，她有独特的能力从单纯的勘订工作上升到参详的层面，或者像在这里，由满人日常的称谓"详"起，进而证明诸如"妞妞"两个字不可能出现在曹雪芹笔下，回到了具体的校勘。

"评"的工作开展得风风火火，所谓"读小说不如评小说，以欲评小说，才肯用心细细读，方有趣味，不然，任他读了若干遍，未得一点好处"②，此看法旧已有之。张爱玲也说道："欣赏《红楼梦》，最基本最普及的方式是偏爱书中某一个少女。像选美大会一样……"③ 对于各角色进行品评的文字连篇累牍，其实，这与读者身份相关，不论是一般看官，还是新旧文人。普鲁斯特有个见解：

> 每次彼此那样不同的女子形象进入我们心中的时候，除非遗忘，或其他形象通过竞争将前一个形象排挤出去，只有当我们将这些外来人变成与我们自己相似的某种东西之后，我们的心灵才会得到安宁。在这

---

① 张爱玲：《红楼梦魇》，第 2~3 页。
② 《红楼梦资料汇编》，第 598 页。
③ 张爱玲：《红楼梦魇》，第 212 页。

方面，我们的心灵与我们的肉体具有同样的反应和活动。我们的肉体不能容忍异体的侵入，除非立刻将入侵者消化或同化。①

也就是张爱玲说的"选美大会"，屏开雀选，选中定魁。因为《红楼梦》是未完的书，所以各路评者都可以通过自身消化活动的特性，把文本前后通篇拆解开来再加组合，使得它看上去更合味、更营养、更新鲜、更刺激，历来评家依仗脂批系统，所做工作尤精、尤多。当然，旧时也有对此持反对看法的，如解弢所说：

> 今世之读《红楼》者，乃大类是。争谓其底里有极大之秘密，为世人之所乐闻者，皆欲首先探出，供馈社会，以鸣奇功。推敲字句，参校结构，恍惚迷离，妄加比附，人持此说，纷然聚讼，迄未有一贯之发明，钳息众喙。然从事于此者，仍爬罗剔抉，辛苦不舍，良由其文字有大足动人者在。②

他指出了人们乐于追评、索隐，凡此孜孜以求的热情，其

---

① 〔法〕马塞尔·普鲁斯特：《追忆似水年华》（第二卷），桂裕芳、袁树仁译，译林出版社，2012，第353页。
② 《红楼梦资料汇编》，第621～622页。

实是因为曹雪芹的文字太足以"动人"了，让读者认为所写角色均为现实的。

索隐须考据。俞平伯提到："文学底背景是很重要的。我们要真正了解一种艺术，非连背景一起了解不可。作者底身世性情，便是作品背景底最重要的一部。我们果然也可以从作品去窥探作者底为人；但从别方面，知道作者底生平，正可以帮助我们对于作品作更进一层的了解。"① 余英时却说："读红楼梦而念念不忘曹家的真实事迹，不但会横生种种曲说，而且也未免把曹雪芹的艺术天地看得太狭窄了。"② 两位先生对考据的作用，态度上有程度差异，但目的是一致的，即更好地理解文学或曹雪芹的艺术世界。俞平伯1986年在香港的讲话：今后的红学"应从文学、哲学上加以研究"。③ 从文学方面自不待言，从哲学方面应怎样展开呢？

我认为关键在于把"角色"（role）转变为"人格"（personality）来看，即可以从文学视角转换到哲学视域。也就可以从"评"到"详"。两者之不同在于一个是动态中的静态，即在故事性叙事中，一个角色因为文字描述的

---

① 俞平伯：《红楼梦辨》，商务印书馆，2017，第241页。
② 余英时：《红楼梦的两个世界》，第94页。
③ 参见陈维昭《红学通史》，上海人民出版社，2005，第302页。

前后更替，虽然有了命运的变化，但他还是他；而另一个则是静态中的动态，即哪怕如贾宝玉从纨绔子弟到流离失所，这些命运性质的变化是可以从他性格要素的分析中生成性地去观看的，可以解释他之所以是他，以及他所有身心变化的缘由。具有人格的角色才更"真实"。这其中涉及两个方面的转变，即整体性与独立性。从角色方面看，先有了独立性而后有整体性，而从人格方面看，是先有整体性，而后去发现独立性。

德国哲学家康德是这样来谈论人格性的：

> 这东西不可能逊于把人提升到自己本身（作为感官世界的一个部分）之上的东西，逊于把人与惟有知性才能思维的事物秩序联结起来的东西，而这事物秩序同时下辖整个感官世界，以及人在时间中的经验性上可规定的存在和一切目的的整体……这东西无非就是**人格性**，亦即对整个自然的机械作用的自由和独立，但同时被视为一个存在者的能力，这个存在者服从自己特有的，亦即由他自己的理性所立的纯粹实践法则……①

---

① 〔德〕伊曼努尔·康德：《实践理性批判》，李秋零译注，《康德著作全集》（第五卷），中国人民大学出版社，2011，第93页。

他把人格看作一种自由和独立,并且高于人在时间中存在的经验性整体。如果读者觉得康德的这段话理解起来比较繁难,他还有一个表述则简单得多,如下:

> 但是他活着,并且不能忍受在他自己的眼中配不上这种生活。①

即是说,人格性的一种象征乃在于:一个人认为自己配得上他的生活(而不是反过来苛求生活是否配得上他),而这样的人是有独立性的。

《红楼梦》中有一处看似滑稽的情节,却点出了红楼人物的这种通性。第二十六回薛蟠过生日,友人弄来四样难得的食物作贺,他来邀请贾宝玉赴宴,说道:

> 我连忙孝敬了母亲,赶着给你们老太太、姨父、姨母送了些去。如今留了些,我要自己吃,恐怕折福,左思右想,除我之外,惟有你还配吃,所以特请你来。②

"除我之外,惟有你还配吃"一句有甲戌本侧批:此语令

---

① 〔德〕伊曼努尔·康德:《实践理性批判》,李秋零译注,第94页。
② 《红楼梦脂评汇校本》,第337页。

人哭不得笑不得，亦真心语也。——看来，薛蟠在自己眼中是"配得上"这种生活的，其缘由除却这里所申明的孝道，还在于他认定自己是贾宝玉一流的人物，或比玉兄更高些呢。看官姑且一笑，但亦不妨反思一回：《红楼梦》中的主要人物是不是都具有这样的人格性特征呢？

小说人物与现实中人物的不同之处即在于可以预先整体地看待他们，且他们并不比现实中的人物缺少更多的真实性，他们是各样人格性的浓缩，或许因此具有更多的真实性意义。我在这里想提醒读者：《红楼梦》主要角色的塑造绝大多数都与他或她的个体性欲望有关，与其性观念有关。前番已指出曹雪芹关注食、色两件事，对其主要角色情欲方面的人格着墨颇为浓重。霭理士有几句话适合评论《红楼梦》的创作事实：

> 在文学的读物里，大部分总是插着一些恋爱或自我恋的意识和描写；而那些富于想象力的文学作品，又几乎全部以性做出发点，而以一种无美不臻的理想的极乐世界做归宿。①

---

① 〔英〕霭理士：《性的教育》，潘光旦译，收录于潘乃穆、潘乃和编《潘光旦文集》（第十二卷），北京大学出版社，2000，第82页。

譬如"太虚幻境"就是一个无美不臻的性的理想世界，虽然它是以女性力量构成的，而非由两性关系构成；换言之，它的理想性在于构思了纯然女性的命运共在，并由此出发谈论情或爱情。

《红楼梦》除了有《风月宝鉴》的前身，还有一个如今更被广泛接受的名字，即《石头记》，张爱玲对这个名字的提法有一种特别生动形象的理解：

> 宝玉那块玉本是青埂峰下那大石缩小的。第十八回省亲，正从元妃眼中描写大观园元宵夜景，插入石头的一段独白，用作者的口吻。石头挂在宝玉颈项上观察记录一切，像现代游客的袖珍照相机……①

不知列位看官翻阅小说时是不是也有看电影的感觉？"石头"所记下的文字影像似乎比现代电影中的胶片影像更令人如临其境。虽然这属于叙事手段的高妙，然而曹雪芹还希望借此引入第三者视角，像导演处理剧本那样，于第一视角（叙者、角色）与第二视角（读者、观者）之外，树立起理解作品整体性意义的架构之原本。

更巧妙的是，他有时颠破第一视角，以达到写"幻"

---

① 张爱玲：《红楼梦魇》，第192页。

光绪五年改琦《红楼梦图咏》之通灵宝玉、绛珠仙草

的目的。如第二十五回，贾宝玉被魔法所魇，一僧一道前来搭救，那僧手中摩挲那玉向贾政说道："长官，你那里知道那物的妙用。只因他如今被声色货利所迷，故此不灵验了。"就如同说，以往类似"省亲"的一切被"石头"呈现为"真"的表象世界固然让人们以为那都是真的，然而此时"石头"出了故障，不灵验了，才让人恍然明

白,原来不论怎样的一块"通灵宝玉",本来是一块"石头",它也是会失真的。就好像现代游客照相机里的照片,不会是那原本的山水。故而此段前有甲戌本侧批"《石头记》得力处全在此处,以幻作真,以真作幻,看书人亦要如是看法为幸",后有庚辰本眉批:"通灵玉除邪,全部百回只此一见,何得再言?僧道踪迹虚实,幻笔幻想,写幻人于幻文也。"①——看官们正看得热闹,僧、道、贾宝玉、贾政这些角色忙作一团,经历着"通灵玉蒙蔽遇双真"这一节故事,却被曹雪芹的第三视角一语点破,"石头"喧宾夺主,成为主角,于是第一视角下的世界都颠破为"幻笔幻想"了。也就是说,曹雪芹的创作更原本,它要揭示的意义比情节更原本。

读者可以这样问:宝玉的经历和石头的所见区别在哪?宝玉的故事是真,还是石头所记之宝玉的人格更真?宝玉这个角色之所以生动,是他的生活虚实令人可闻可叹,还是他的感受思想令各时代的看官们深受动容?为什么?解答这些问题是本书写作的目的之一,通过分析贾宝玉等角色的人格性,以及性观念的真实性,来阐释曹雪芹的天才以及《红楼梦》流芳后世的缘由。不管是作为

---

① 以上描写和批语见《红楼梦脂评汇校本》,第325~326页。

光绪二十九年孙温绘本之甄士隐梦中遇僧道情节

《风月宝鉴》还是作为《石头记》,她都未在历史的烽烟中遭焚,恰如霭理士断言:

> 一切伟大的文学作品,对于性的中心事实,总是很坦白、很平心静气的说出来。在这个伪善的、假斯文的时代里,这是应该牢牢记住而引以自慰的一点。对于这种健全的时代所遗留下来的作品,在不健全的时代里的人虽想随心所欲把它施宫刑一般的改窜割裂,或把它禁锢起来,使青年人无从问津,在事实上也很难做到。[①]

---

[①] 〔英〕霭理士:《性的教育》,潘光旦译,《潘光旦文集》(第十二卷),第82~83页。

## 5. 先驱者

本书所做研究受到霭理士多部作品的译者，我国社会学、优生学等学科的开路人潘光旦先生之《冯小青：一件影恋之研究》的启发。是书在其师梁启超的鼓励下，为年轻时代的潘光旦所做的第一项研究，他应用西方心理学成果，尤其是弗洛伊德理论，来解释明代万历年间的女诗人冯小青的真实生活及人格属性，让人耳目一新，且更加趋近真理性，以普遍存在的人格性剖析历史上存在于现实中的人物，所做工作无亚于哲学上的考据，即将现实意义上可资历史考据的题目提高了一些层次，由此再反观冯小青创作之文学，更有了可嘉信守的价值。潘光旦说道：

> 精神分析派出后，医学而外，最先应用其学说而得比较圆满之结果者为文学。谓性生活之陷阙与升华为一切文艺之起源者，近于抹杀武断，然从此批评家得一新角度以作比较深刻之观察与分析，而一般爱好文学与艺术者，明乎一种作品之原委，亦从而加以谅解；于是文艺之意义益见醇厚：则可得

而言也。①

精神分析之手段用于解释历史人物以及文学创作的尝试在我国由此得开先河。本书尝试用到的心理学理论，如霭理士、魏宁格观点，以及哲学理论，如福柯、舍勒、马尔库塞观点，在一定程度上都淘洗、澄练了弗洛伊德学派的方法，应用起来更加得心应手，在"深刻之观察与分析"方面，也较之弗洛伊德学派更为踏实。

在我所见书籍资料中，潘先生的研究方法不仅为首创，又似无来者。然而，潘光旦为何不研究《红楼梦》呢？我觉得主要的原因在于冯小青在历史上确有其人，值得一记，而潘先生虽然对《红楼梦》了解颇多，但始终以其为笔记小说看待。如在《性心理学》之若干注释中提及此书，都有一种轻描淡写的意味，以下列材料为例：

> 以前中国的所谓闺秀，稍稍知书识字的，都喜欢看弹词或其他文体简易的言情小说，其情节大抵不出"公子落难，花园赠别，私订终身，金榜成名，荣归团圆"等等，虽千篇一律，而她们可以百读不厌，其

---

① 潘光旦：《冯小青：一件影恋之研究》，新月书店，1929，第21页。书名以下简称《冯小青》。

故就在她们在精神上把自己当做小说中的女主角,把女主角的经验当做自己的经验。其文学程度较深的又都喜欢看《红楼梦》一类的说部,历来多愁善病的女子以林黛玉自居的恐怕是大有其人在。清陈其元《庸闲斋笔记》(卷八)有《〈红楼梦〉之贻祸》一则说:"余弱冠时,读书杭州。闻有某贾人女,明艳工诗,以酷嗜《红楼梦》,致成瘵疾,当绵惙时,父母以是书贻祸,取投之火;女在床,乃大哭曰:'奈何烧杀我宝玉!'遂死。杭人传以为笑。"这例子真是太好了。笔记一类的文献,虽失诸拉杂凌乱,有时候却也值得一读,就因为在有心的读者可以沙里淘金,发现这一类的记载。这位杭州女子以林黛玉自任,而居之不疑,是再显明没有的了。所云瘵疾,就是近人所称的痨症,从前的闺秀死于这种痨症的很多,名为痨症,其实不是痨症,或不止是痨症,其间往往有因抑制而发生的性心理的变态或病态,不过当时的人不了解罢了,说详译者旧作《冯小青》一书的附录二。①

---

① 〔英〕霭理士:《性心理学》,潘光旦译注,第144页。

这段话说得真是太好了，不仅反映了现实中的人物与心理学上解释的人格可以彼此为一，还说明了后者不足彰显而湮没无闻。《红楼梦》有很大魅力，在于它的真实性甚或可以穿透现实性而生生不息。我即借用潘先生之方法，结合哲学上的考据，对红楼人物提出简要的见解，让他们活在读者心中，不至于不被了解，而读者亦能自知。

在《冯小青》这项研究中，潘先生挽其哀艳，乃其时不知所谓心理学应用之故，言道：

> 精神病诊断者谓患者之可愈性往往视其自觉之程度而定。自知其变态之所在者，其可愈性较不自知者为大；自知其变态之所由然者，则其可愈性更大。良以知其然而又知其所以然，则患者每能于行为上自为调剂，补诊疗之所不及。小青自觉之程度，综合上文征信而观之，实不可谓甚深：彼仅仅猜测其变态之所在，而未尝肯定之；至其变态之所由来，则更属茫然。唯其自觉程度不深，故则可愈性不大；而终于不治。第言以瘵死者，知其一而不知其二者也。①

---

① 潘光旦：《冯小青》，第62页。

历史上的冯小青读汤显祖《牡丹亭》曾留一诗曰：

> 冷雨幽窗不可听，
> 挑灯闲看牡丹亭；
> 人间亦有痴于我，
> 不独伤心是小青！①

至今还可见于昆曲舞台之《疗妒羹·题曲》，悲恸凄凉。她也像陈其元笔记中的女子一样，为"梦的文学"所感。我幼时读曹雪芹，也有一种千回百转的柔肠，一种缔结之抑郁，多年后想来，是出于钟爱真实。无论如何，心理学、哲学所给予我们的启示，亦如霭理士所揭露的，可有救济之功：

> 伟大的文学作品，因为率直坦白之至，对于青年的心理，有时候也有不很相宜的地方。青年乍见这一类的作品，不免好奇过甚，因而发生不健全的反应。但要知此种过度的好奇心并不是凭空而来，乃是因为历来关心他的教育的人，对于这题目太守秘密的缘故。你一壁越是遮掩，他一壁越是好奇，

---

① 转录自潘光旦《冯小青》，第107页。

**清顾洛《小青小影图》(局部)**

这是必然的趋势。同时我们也该知道，大作家关于天然事实的叙述，从不作丝毫佻挞的表示，并且要是一个青年发育健全的话，也绝不会唤起性的冲动。有一位女作家（Emilia Pardo Bazan）说她小的时候喜欢看《旧约》中有历史的意味的各书，遇到涉及性的段落的时候，她也不过照常看下去，她脑海里想象方面的活动并不因此而起丝毫的微波暗浪。我以为这一类健全的经验，是大多数的儿童所都可以有的。所以我以为古书中这一类的段落尽可任其自然，不应妄加割裂。①

想来如今坊间还有供青年阅读的阉割版《红楼梦》充市，实在是对文学、心理学的创伤，也是我们不能正视红楼人物之真实存在的遗憾。

本书的出发点类似于魏宁格所谓的性格学，他在男女两极中间试图为每一个体单元找到合适的人格性概括，说道："要着手运用我提出的这种广阔而深刻的性格学，首先就必须把'性格'这个概念本身当做一个实在的单元。在性格学当中，我们必须去寻找各种短暂变化背后的那种

---

① 〔英〕霭理士：《性的教育》，潘光旦译，《潘光旦文集》（第十二卷），第84页。

永存的东西。"① 我之所以未沿用性格学这个名称,是因为它在哲学中影响不够广泛,故而仍用"人格"一词来替代它,但研究的目的与魏宁格异曲同工。例如他谈到女性人格的解放问题,其尺度与我在第四章论王熙凤的人格近似,又如第二章写贾宝玉的人格应用了他的两性理论框架,等等。关于人格理论,我更多地借鉴了德国哲学家马克斯·舍勒②(Max Scheler),读者可以参见第五章写袭人与薛、林的真情实性那一部分。

《红楼梦》是梦与幻的文学,之所以用幻笔写梦境,就在于如一面镜子,在这一边,才强有力地映射、彰显出那一边的现实世界,让人得以看见。然而,此类现实不仅仅可能发生在一段历史中,如人们去索隐人物、评论角色的实存性,而更加可能发生在人类全部的历史中,以及全部历史中所有可能的人性中,因为历史的一个事实性构造即在于男女两极;不论情或淫,《红楼梦》的故事开创性地深入到了男性与女性的心理空间,并把这些空间构造透明化地安放在每一位读者的现实认知层面,使之对红楼人

---

① 〔奥〕魏宁格:《性与性格》,肖聿译,第101页。
② 马克斯·舍勒,又译作马克思·舍勒。除了注明引用文献的版本信息,文中统一使用"马克斯·舍勒"。

物相应地付出爱恨。至于阅读，人们长久以来不满足于鉴赏，更有意愿参详，《红楼梦》所描写的人格的真实性、作者希望人们理解的真理性远远超越了过去的历史的现实性。在这条漫漫长路上，或可瞥见曹雪芹的天才，或可理解他缘何不输莎士比亚、歌德、普鲁斯特等世界文豪的风采，[1] 于是我便开始了对他的创作天才之源头的探究。

---

[1] 宋淇指出："这方面的研究工作需要文学批评的基本训练、对小说的理论及发展有深刻的认识；对世界名著小说：托尔斯泰、巴尔扎克、福楼拜、契诃夫、左拉、狄更斯、陀思妥耶夫斯基等19世纪大师固然要熟读，对20世纪的小说家：海明威、乔也思（如今多译为乔伊斯——引者注）、普鲁思特（即普鲁斯特——引者注）、卡夫卡等的作品也要广为涉猎。对荷马的史诗、《源氏物语》、莎士比亚的戏剧、《唐·吉诃德》等名作的直接认识也会有助于更进一步认识《红楼梦》的真面目。唯有这样的比较研究才可以把《红楼梦》的地位正式确立。"（《红楼梦识要——宋淇红学论集》，第10页。）笔者也将在本书中尝试宽泛地列举出曹雪芹与世界文豪们思想会通之处。

# （二）奇情幻化应难拟

## 贾宝玉的人格

整部《红楼梦》是围绕贾宝玉这个核心人物展开创作的，贾宝玉的生存现实与人格理想体现了小说中最为关键的冲突，其主要刻画向度在男女两性之间。

## 1. 所谓男风

《红楼梦》第三十一回通过史湘云与侍儿翠缕的对话，论及古时阴阳观念下的男女两极。花草树木，乃至蚊虫、瓦片儿，都可用阴阳论之。湘云道：

> 难道还有个"阴阳"不成！"阴"、"阳"两个字还只是一个字，阳尽了就成阴，阴尽了就成阳，不是阴尽了又有个阳生出来，阳尽了又有个阴生出来。……阴阳可有什么样儿，不过是个气，器物赋了成形。①

翠缕问道："咱们人倒没有阴阳呢？"这确是古人常有的基本观念，乾道为男，坤道为女，但也存在一定的张力，

---

① 《红楼梦脂评汇校本》，第398页。

阴阳之气乃于人的先天、后天气质禀赋上变化。

魏宁格认为："事实上，每个人的性格都在男性和女性之间变化或者摇摆。"① 甚至可以从体型学上进行对应研究，心理学与体型学两者结合称为"人相学"，但是在西方科学中未能占有一席之地。② 知晓旧文化形态的国人对此却不陌生，中国人所讲的"面相学"就不仅包含面相、体型、体态，也包含个体心理的发展史及其预期。这门学问依照骨骼、血液、皮肤的标记轨迹，在生命的全部时间尺度上把握一个人的心灵结构，针对的是心理与人格。

且看第七回秦钟与贾宝玉见面时的情景：

>……果然出去带进一个小后生来，较宝玉略瘦巧些，清眉秀目，粉面朱唇，身材俊俏，举止风流，似在宝玉之上，只是怯怯羞羞，有女儿之态，腼腆含糊的向凤姐作揖问好。凤姐喜的先推宝玉，笑道："比下去了！"……

---

① 〔奥〕魏宁格：《性与性格》，肖聿译，第73页。
② 参见〔奥〕魏宁格《性与性格》，肖聿译，第78页。有兴趣的读者也可参见德国哲学家黑格尔《精神现象学》中"器官的面相学含义"一节。

>……那宝玉只一见秦钟人品，心中便有所失，痴了半日，自己心中又起了呆意，乃自思道："天下竟有这等人物！如今看来，我竟成了泥猪癞狗了。……可知绫锦纱罗，也不过裹了我这根死木；美酒羊羔，也只不过填了我这粪窟泥沟。……"①

另，第十五回，凤姐哄宝玉说："好兄弟，你是个尊贵人，女孩一样的人品……"云云。为何这种体型、情态在他们看来尊贵呢？

上文中"女儿之态"紧跟在"怯怯羞羞"之后，羞怯现象发生在男子身上似乎更显得女子气。羞怯是从动物的原始状态中演化而来的，并且确实尤其属于女性：

>女子的羞怯也是演化而来的一个现象，它的原始的状态在动物中就可以找到，并且是以性的时期性做依据的。性的时期性，加上羞怯的心态，也是求爱的一个主要条件。最初，羞怯可以说是雌性动物的一个拒绝的表示，因为叫春的时节还没有来到。不过叫春的时节来到以后，羞怯的心态还继续存在，到那时候，和性冲动的力量结合以后，就成为若接若离、半

---

① 《红楼梦脂评汇校本》，第100~101页。

迎半拒的献媚的态度与行为，到此，雌的对雄的便时而接近，时而逃避，或虽属逃避，而走的路线是一个圆圈。①

简言之，羞怯是性选择（自然中普遍存在的爱欲力量）在个体时间上的一次迂回，像一条优美的弧线，迎合之前先是拒绝，欲言又止。这种心灵情态后来被固定在礼节性的文明中，按潘光旦的看法，中国文献《礼记·曲礼上》与《内则》中此类记述已很发达。② 霭理士说道：

  在文明社会里，羞怯的表现是分散的，是改换头面了的；我们在仪式里找到它，在男女应对进退之节里找到它；它在原始氏族里的那种不可抵抗的魔力是没有了，但羞怯的心态毕竟是求爱的主要条件，时代有今古，这是没有新旧的。③

以属阴性质来替代"女子的羞怯"之说法似更恰切，

---

① 〔英〕霭理士：《性心理学》，潘光旦译注，第47页。
② 参见〔英〕霭理士：《性心理学》，潘光旦译注，第48页。如《曲礼上》"敖不可长，欲不可从"、"礼不逾节，不侵侮，不好狎"；又如《内则》"女子出门，必拥蔽其面"等。
③ 〔英〕霭理士：《性心理学》，潘光旦译注，第48页。

即某种虚怀若谷、虚心以待。在秦钟、贾宝玉身上也很明显有这样的性质。如果人类的每一个体都或多或少地同时包含着禀性上阴或阳的属性,则可减弱"男"与"女"这两个特别称谓的定性强度。秦钟生得瘦弱,或许对身体的周期性变化较敏感,以及见到贾宝玉的人品时特别看重表现在外的进退礼节,故而会有一些阴霓、温柔之相。

萨孟武认为"宝玉于性欲方面,似有变态心理"①,此一论断的前提是非男即女。其实《红楼梦》中主要男性角色大多如此,如:贾蔷"比贾蓉生的还风流俊俏。他兄弟二人最相亲厚,常相共处。宁府人多口杂,那些不得志的奴仆们,专能造言诽谤主人,因此不知又有了什么小人诟谇谣诼之辞"(第九回);贾琏"只离了凤姐便要寻事,独寝了两夜,便十分难熬,便暂将小厮们内有清俊的选来出火"(第二十一回);贾珍与邢大舅等聚赌,席间有娈童作陪(第七十五回)。对于这些,曹雪芹只是约略写,明确说出的只有薛蟠,说他"不免动了龙阳之兴……只图结交些契弟"(第九回);张爱玲也参详原本有薛蟠戏秦钟的情节,后被作者删去。② 然而,贾宝玉与秦钟的

---

① 萨孟武:《〈红楼梦〉与中国旧家庭》,第71页。
② 张爱玲:《红楼梦魇》,第92、183页。

关系却是写得最淡的,曹雪芹让"石头"出场说话,就像导演留下一串省略号:

> 凤姐因怕通灵玉失落,便等宝玉睡下,命人拿来塞在自己枕边。宝玉不知与秦钟算何账目,未见真切,未曾记得,此系疑案,不敢纂创。①

前一句解释镜头被蒙住的戏剧起因,转而就留下一个"疑案"。从作者主观立场来看,他是极不愿意贾宝玉这个角色"变态"的。

因为以上人物又都主要喜欢女性,所以似乎不能被称作如今所谓的同性恋。② 或如魏宁格所说:"我认为,现实中的一切有机体都具有同性恋和雌雄同体的潜在倾向。每个人身上都有同性恋的原基,无论其形式是多么微弱,它联系着异性特征的或多或少的发育。"③ 换言之,在个

---

① 《红楼梦脂评汇校本》,第184页。
② 潘光旦《中国文献中同性恋举例》中说:"读者到此,会很容易联想到《红楼梦》里的柳湘莲,于一次堂会演剧之后,被薛氏子错认为相公一流,妄思染指。不过这是说部中的例子,不足为凭。"(〔英〕霭理士:《性心理学》,潘光旦译注,第535页。)然而,柳湘莲在小说中应该是最不喜同性恋的男性人物了。
③ 〔奥〕魏宁格:《性与性格》,肖聿译,第67页。

体自身找阴阳互补的因素，假借于他者，不论对方是男是女，是每个人的天然状态。潘光旦从史、地两个角度梳理了中国古代文献中的同性恋现象，并加以申明说："同性恋现象在动物生活史里就有它的地位。它和人类的历史是同样的悠久，大约是一个合理的推论，一般的历史如此，中国历史大概也不成一个例外"；"前汉一代几乎每一个皇帝有个把同性恋的对象，或至少犯一些同性恋倾向的嫌疑"；"同性恋的现象，有时候，在有的地方，会发达成一种风气。古远的无可查考，即如清代的福建、广东以及首都所在地北京，都有过这种风气"。①

秦钟也喜欢女性，并与小尼姑智能幽会。另外，《红楼梦》还写过一个名叫"二丫头"的村姑，秦钟对宝玉道："此卿大有意趣。"② 余英时在《敦敏、敦诚与曹雪芹的文字因缘》一文中探究过她的出处，认为敦诚少年时代经历的事被曹雪芹艺术加工写在小说中："红楼梦中是宝玉、秦钟两人一起在一村庄上看见二丫头的，而敦诚则是和贻谋同游在一个'寻常百姓家'惊艳的。但敦诚的

---

① 分别参见〔英〕霭理士《性心理学》，潘光旦译注，第509、516、533页。
② 《红楼梦脂评汇校本》，第180页。

惊艳是他少年时代的真事，且已颇流传于相识者之间，雪芹是大有可能知道这个故事的人。"[1] 秦钟是贾宝玉的儿时伙伴，临终时劝他"以后还该立志功名，以荣耀显达为是"（第十六回），未能始终作为宝玉的知己，但二人少年心性，无所顾忌，游戏世间。从认识秦钟到其病逝，曹雪芹都将林黛玉束之高阁，令她远去，不见得不是为贾宝玉的年少经历留一抹记忆。如若不然，秦钟这个角色便有些乏善可陈。

贾宝玉与秦钟，不是心理学上纯然的同性恋，而是自我恋的一种形态，他们互芬齿颊，儿时记忆尤为鲜活，欲终生保持少年时代的交谊。潘光旦在《冯小青》之"自我恋之扩大与同性恋"一节中阐明过：

> 春机发动期内，性心理日趋成熟，欲力于精神方面亦渐开展。向之蠕动者渐活跃，泄然者渐奔放，终乃及于其人身外之物。兹身外物者，不能与自我太相类似，顾亦不能过于殊异。合此资格者，其惟同一属性之人乎。故同性恋者，扩大之自我恋而已。[2]

---

[1] 余英时：《红楼梦的两个世界》，第153页。
[2] 潘光旦：《冯小青》，第29页。

**光绪五年改琦《红楼梦图咏》之秦钟像**

男子之交谊有类此者,如魏宁格所说:

> 从那个年龄往后,如果一个人一直保留着一种明显倾向,即与一个与自己同性者的"友谊",那么,他身上就一定存在着异性的鲜明特征。……
>
> 男人之间的友谊当中全都存在着性的因素,无论

这种因素在其友谊中是多么无关紧要。但我们只要记住一点就足够了：没有某种能把男人吸引到一起的吸引力，就不会有友谊。男人之间的友爱、保护和偏袒，大多都由于他们之间存在着无可置疑的性相容性。①

秦钟就是一个与贾宝玉类似又差别不太大的人物，他与贾宝玉"友谊"的性相容性，即是他的"举止风流，似在宝玉之上"。他们间的情愫较之贾琏、薛蟠等人的行为不可同日而语，所以曹雪芹使用镜头滤镜为其正名。作者之所以在男性角色里为秦钟保留一定的地位，大抵是要说明贾宝玉的人格成长总在一抑一扬之间。②

---

① 〔奥〕魏宁格：《性与性格》，肖聿译，第68页。
② 霭理士说："我们总得牢牢记住，生命是一种艺术，而这种艺术的秘诀是在维持两种相反而又相成的势力的平衡；一是张，现在叫做抑制，一是弛，现在叫做表达或发扬。……我们在同一时间里，总是不断地在那里抑制一部分的冲动，而表达另一部分的冲动。抑制本身并无坏处，且有好处，因为它是表达的先决条件，不先抑制于前，何来表达于后？抑制也不是文明生活所独具的特点，在比较原始的各时代里，它也是同样显著。甚至在动物中也很容易观察得到。"（《性心理学》，潘光旦译注，第351页。）所以可以这样看，贾宝玉与林黛玉爱情之"弛"，是以他与秦钟交谊之"张"为前提的。

自我恋的发生不仅在动物中可以找到，甚至在植物界也可找到。法国作家普鲁斯特的研究和描写最令世人难忘，他以提供所谓同性恋存在的理据，写出下面经典文句，研究他的学者几乎无人不晓：

> 植物世界的法则本身受到越来越高级的法则的控制。倘若昆虫的来访，亦即从一朵花带来花粉，一般来说是异花传粉的必要条件，那是因为自花授粉，自我繁殖，会像一个家族内的连续近亲结婚一样，导致退化、不育，而昆虫授粉则会给同类的后代带来前辈所不具备的活力。不过，这种遗传变异的飞跃会过于迅猛，导致花类发展失控，于是某一特殊的自花授粉行为会适时发生，加以压抑，控制，使畸形发育的花朵趋于正常，犹如抗霉素防治疾病，甲状腺控制发胖，失败惩治骄傲，困倦压抑行乐，睡眠驱走疲乏。[①]

这些抑制性的自我保存，在中国人的观念中均可理解为"阴"。

---

[①] 〔法〕马塞尔·普鲁斯特：《追忆似水年华》（第四卷），许钧、杨松河译，译林出版社，2012，第4~5页。

## 2. 女儿意象

法国哲学家米歇尔·福柯（Michel Foucault）认为："每个人只有通过性这一性经验机制所确定的理想部分，才能达到自己的理智（因为性既是被隐匿的要素，也是意义的生产原则）、自己身体的全部（因为性既是一个现实的和受到威胁的身体部分，又象征性地构成了身体的全部）和自己的身份（因为它把历史的特殊性与冲动的力量汇合在一起）。"[①]

人的性经验大致包含性活动（sex）及性观念（sexuality）两个范围，后者才真正涉及性经验机制所确定的理想部分。贾宝玉与秦钟交游之时，大观园尚未出现，少年时代的性活动、性话语、性心理之痕迹或许只能与秦钟一人分享（第九回回目所谓"情友"）。儿时玩伴逝去，大观园才兴建完毕（第十七回）。宝玉才有了接近曾经只在理想之中存在的女儿国的契机，其性观念才逐渐丰厚起来，即如退潮后显露一座孤岛。余英时说："以想像的境

---

[①] 〔法〕米歇尔·福柯：《性经验史》，佘碧平译，上海人民出版社，2002，第116页。

界而论,大观园可以是空中楼阁。"①

看官们津津乐道于贾宝玉对"女儿"二字的理想性执念,第二回冷子兴演说荣国府时,如讲笑话一般道出了贾宝玉的这项品性:

> 说起孩子话来也奇怪,他说:"女儿是水作的骨肉,男人是泥作的骨肉。我见了女儿,我便清爽;见了男人,便觉浊臭逼人。"②

参照第七十七回,管家媳妇们将司棋带出大观园被宝玉撞见:

> 恨的只瞪着他们,看已去远,方指着恨道:"奇怪,奇怪,怎么这些人只一嫁了汉子,染了男人的气味,就这样混账起来,比男人更可杀了!"守园门的婆子听了,也不禁好笑起来,因问道:"这样说,凡女儿个个是好的了,女人个个是坏的了?"宝玉点头道:"不错!不错!"③

---

① 余英时:《红楼梦的两个世界》,第42页。
② 《红楼梦脂评汇校本》,第27页。
③ 《红楼梦脂评汇校本》,第935~936页。

显然婆子的话是虚带一笔，目的在点出"女儿"与"女人"的差异，不然，现实中婆子们如何能够直接和宝玉说话，且是质问的口气，况宝玉的这项品性早在二府中无人不知、无人不晓？

贾宝玉的理智通过"女儿"建构起来，他生存的意义才逐渐稳固下来，然而唯在这一点上，触怒了大观园之外的世界，能保护他这个理想的，只有贾母、王熙凤，连身为父母的贾政、王夫人都日夜警告提防，之所以被父亲痛打，母亲清理大观园，皆在于此。

贾母这样评价宝玉：

> 我也解不过来，也从未见过这样的孩子。别的淘气都是应该的，只他这种和丫头们好却是难懂。我为此也耽心，每每的冷眼查看他。只和丫头们闹，必是人大心大，知道男女的事了，所以爱亲近他们。既细细查试，究竟不是为此。岂不奇怪。想必原是个丫头错投了胎不成。[1]

女儿究竟什么好？大观园中，姐妹们吟诗作画，才德兼备。除此之外，少女之所以被爱，还有别的缘由。我在

---

[1] 《红楼梦脂评汇校本》，第947页。

这里不禁引用普鲁斯特的话:

> 我向树叶询问开花的情况,这些山楂树的花与天性活泼、冒失、爱俏而又虔诚的少女颇为相似。
>
> "这些小姐早已经走了。"树叶对我说。
>
> 说不定树叶心里在想,我自称是这些花朵的挚友,可是看上去我对花儿的生活习惯并不怎么了解。是一位挚友,但是已经这么多年没有与她们重逢了,虽然曾经许下了诺言。然而,正像希尔贝特是我与少女的初恋一样,这些花朵也是我与花朵的初恋。
>
> ……
>
> "那么,现在要看她们呢?"
>
> "噢,明年五月以前是不行了。"
>
> "可以肯定她们明年一定会在这里吗?"
>
> "每年都准时在这。"
>
> "只是我不知道我是不是还找得到这个地方。"[①]

山楂花是普鲁斯特最爱的花。林黛玉是贾宝玉的希尔贝特。假设曹雪芹有机会读到这段话,也曾找到过这个地

---

[①] 〔法〕马塞尔·普鲁斯特:《追忆似水年华》(第二卷),桂裕芳、袁树仁译,第476页。

方,却永别了初恋,他的心会不会碎?少女是不是青春的希望?看官还记得贾宝玉面对杏树的所思所想吗?

> 再过几日,这杏树子落枝空,再几年,岫烟未免乌发如银,红颜似缟了,因此不免伤心,只管对杏流泪叹息。正悲叹时,忽有一个雀儿飞来,落于枝上乱啼。宝玉又发了呆性,心下想道:"这雀儿必定是杏花正开时他曾来过,今见无花空有子叶,故也乱啼。这声韵必是啼哭之声,可恨公冶长不在眼前,不能问他。但不知明年再发时,这个雀儿可还记得飞到这里来与杏花一会了?"①

张爱玲说:"抛开《红楼梦》的好处不谈,它是第一部以爱情为主题的长篇小说,而我们是一个爱情荒的国家。它空前绝后的成功不会完全与这无关。"② 并认为曹雪芹的创作非常现代,超越了时代,《红楼梦》的抄本系统经过了一个从现代化改写得更加传统化的过程,为的是当时的读者能够理解他。

---

① 《红楼梦脂评汇校本》,第 696 页。
② 张爱玲:《国语本〈海上花〉译后记》,(清)韩邦庆《海上花落》,张爱玲译注,第 333 页。

而如今我们将曹雪芹与普鲁斯特对照来看，他创作的现代性便一目了然了。在张爱玲眼中，贾宝玉是这样一个人：

> 宝玉思慕太多，而又富于同情心与想像力，以致人我不分，念念不忘……①

旧时文人也看到了这一点，如涂瀛所作《贾宝玉赞》：

> 宝玉之情，人情也，为天地古今男女共有之情，为天地古今男女所不能尽之情。天地古今男女所不能尽之情，而适宝玉为林黛玉心中目中、意中念中、谈笑中、哭泣中、幽思梦魂中、生生死死中悱恻缠绵固结莫解之情，此为天地古今男女之至情。②

"贾宝玉"代表了天地古今之至情，那么也就包括曹雪芹的情、普鲁斯特的情，而曹雪芹是我国第一位写活了爱情的作家。③ 他的笔下一直为贾宝玉尊崇、保留着女儿之地位，作为全书的一根经线，使得爱情有所依托，有所向往。在霭理士的书中，我们可以见到这样的话："约略地

---

① 张爱玲：《红楼梦魇》，第237页。
② 《红楼梦资料汇编》，第127页。
③ 具体参见本书"黛玉之真"一节。

二 奇情幻化应难拟：贾宝玉的人格

说：'恋爱是欲和友谊的一个综合，或者，完全从生理的立场看……恋爱是经由大脑中枢表现而出的性的本能。'又或，我们也可以响应哲学家康德（Kant）的说法，认为性冲动是有周期性的一种东西，所谓恋爱，就是我们借了想象的力量，把它从周期性里解放出来，而成为一种有绵续性的东西。"① 思慕、想象、人情、同情心，在贾宝玉那里，都集中在"女儿"身上。

看官们还应记得贾宝玉初入大观园时节，性周期开始进入旺盛之日，他却将欲完全避让开来，"便懒在园内，只在外头鬼混，却又痴痴的"，目的是不致影响他与少女们的友谊。第二十三回：

> 谁想静中生烦恼，忽一日不自在起来，这也不好，那也不好，出来进去只是闷闷的。园中那些人多半是女孩儿，正在混沌世界，天真烂漫之时，坐卧不避，嬉笑无心，那里知道宝玉此时的心事。②

若是贾琏、薛蟠住在园中，而非宝玉，看官做何想？如果不是"女儿"在他的心中无比尊贵，又何需避让？

---

① 〔英〕霭理士：《性心理学》，潘光旦译注，第445页。
② 《红楼梦脂评汇校本》，第295页。

英国心理学家赫伯特·斯宾塞在其《心理学原理》一书中，认为恋爱是由九个不同的因素合并而成的：一是生理上的性冲动；二是美的感觉；三是亲密感；四是钦佩与尊敬；五是喜欢受人称许；六是满足自尊心；七是拥有所有权；八是因人我之间隔阂的消除而获得了更大空间的行动自由（进入他或她的生存空间）；九是各种情绪作用的高涨与兴奋。① 为了回答宝玉之于少女的情愫何以特立独行，我们不妨在其中做选择填空，其实在于：四与二。

余英时说："曹雪芹写贾宝玉情淫具备，清浊兼资，正是为了配合他所创造的两个世界。因为只有这样的宝玉才可以构成这两个世界之间的接榫。……此后贾宝玉在大观园中和那些清净的女孩们'各不相扰'，乃由于不为，而非不能。"② 这便是由于"钦佩与尊敬"。

真正陷入爱情的人知道，越是爱她，越要拖延占有她。在这一点上，魏宁格说得很对：

> 一个人陷入真正的爱情时，与恋爱对象肉体结合的念头是无法想象的。这是因为，任何不包含丝毫畏

---

① 转引自〔英〕霭理士《性心理学》，潘光旦译注，第451~452页。
② 余英时：《红楼梦的两个世界》，第68页。

惧的希望都不能改变一个事实：希望与畏惧是两种截然对立的原则。性冲动与爱情的关系就是如此。一个男人的爱欲越多，他的性欲给他造成的麻烦就越少；一个男人的爱欲越少，他的性欲给他造成的麻烦就越多。①

性冲动与美的概念是互相对立的。最受性冲动支配的男人，最不能感觉到女性的美……②

关于"美的感觉"，他也说得好：

一切美都更近似于一种心理投射，即爱的要求的发散。③

美既是某种无法被触摸把玩的东西，又是某种无法与其他事物混合在一起的东西。唯有与美保持一定的距离，美才能被清晰地分辨出来。若是去接近美，它便会自动消退。

……

---

① 〔奥〕魏宁格：《性与性格》，肖聿译，第265页。
② 〔奥〕魏宁格：《性与性格》，肖聿译，第268页。
③ 〔奥〕魏宁格：《性与性格》，肖聿译，第268页。

> 身体不洁净的男人几乎不会具备高尚的性格。……以前很少注意自己身体洁净的男人，若后来开始竭力培养自己更完美的性格，他同时也会努力清洁自己的身体。同样，当男人突然满怀激情的时候，他们同时也会强烈地渴望其身体的洁净。①

> 面对美的时候，一切欲望、一切自我探索全都会消失。②

以上每句话都适合用来解释贾宝玉对"女儿"所具有的双重心理，他避免与她们有肌肤之亲，在一定的距离之外观察、欣赏她们的美，更多的是欣赏她们洁净的心灵，感佩黛玉之才、宝钗之德，喜欢湘云之娇憨、香菱之慧秀，更主要的是把她们看作一个整体，每日遏渐防萌，生怕她们彼此之间生出嫌隙，破坏了这整体美的形象。

历来文人学者对袭人、宝钗多有猜忌，认为作者明褒暗贬，我不以为然，曹雪芹娓娓下笔处无不透出对她二人能识大体、能劝能刺，表示尊敬。邢氏、尤氏一流，一味从夫从主，恰恰违背妇德，故袭人、宝钗二人形象堂皇贞

---

① 〔奥〕魏宁格：《性与性格》，肖聿译，第269页。
② 〔奥〕魏宁格：《性与性格》，肖聿译，第272页。

正。只不过，袭人与宝钗没有体察到宝玉把女儿作为美的理想的真正心思，仍站在经济、道德、学问一边，劝导他像平常人那样入仕。如曹雪芹说的，"背父母教育之恩，负师兄规训之德……虽我之罪固不能免，然闺阁中本自历历有人，万不可因我不肖，则一并使其泯灭也"（甲戌本楔子）。① 袭人之劝，宝钗之刺，哪一次不是出于"情"？不是为了维护和匡正宝玉呢？若说二人种种行事，不是因情，而是出于"心机"，为夺取家族地位，真是无情之语，有以己度人之嫌了。②

天下古今小说中像贾宝玉这样以女儿为心为骨的，可有第二人？他身边的人是否都能理解他？曹雪芹所说"不肖"，即离经叛道，即第三回《西江月》二词所说"行为偏僻性乖张，那管世人诽谤""可怜辜负好韶光，于国于家无望"！③ 宝、黛初逢之前，黛玉即言他"虽极憨顽，说在姊妹情中极好的"，为此王夫人却劝道："只休信他。"④

张爱玲曾在其散文集《气短情长及其他》之第六篇

---

① 《红楼梦脂评汇校本》，第2页。
② 参看本书"袭人之分""宝钗之实"两节。
③ 《红楼梦脂评汇校本》，第44~45页。
④ 《红楼梦脂评汇校本》，第42页。

《不肖》中点出,中国人所谓"肖"就是长相极像祖辈、父辈,遗传父母之眼眉。① 按,《说文解字》解"肖"字:"骨肉相似也……不似其先,故曰不肖也。"而在《红楼梦》中判定贾宝玉"肖与不肖"的,正是其祖父母及父母。如第三十三回标题"不肖种种大承笞挞"。宝玉梦见太虚幻境还有一层不稽的缘由。第五回写道警幻仙子偶遇宁荣二公之灵,被嘱托:

> 惟嫡孙宝玉一人,禀性乖张,生情怪谲,虽聪明灵慧,略可望成,无奈吾家运数合终,恐无人规引入正。幸仙姑偶来,万望先以情欲声色等事警其痴顽……②

第二十九回,贾母却又说:

> 我养的这些儿子孙子,也没一个像他爷爷的,就只这玉儿像他爷爷。③

长相肖似,缘何因为"女儿"二字生出种种不肖!祖父

---

① 参见金宏达、于青编《张爱玲文集》,安徽文艺出版社,1992,第207页。
② 《红楼梦脂评汇校本》,第71页。
③ 《红楼梦脂评汇校本》,第375页。

二 奇情幻化应难拟:贾宝玉的人格

**光绪五年改琦《红楼梦图咏》之警幻像**

殷殷盼望警幻将他"规引入正",奈何"情"字当先,迫其堕入迷津,警幻叹曰:"则深负我从前一番以情悟道、守理衷情之言矣。"[1] 黛玉在"情"这边等待着他,袭人、宝钗在"理"那边呵护着他,这些女儿们何尝有谁辜负

---

[1] 《红楼梦脂评汇校本》,第77页。

了贾宝玉呢？纵使父母认为他不肖、有罪，而"女儿"们却维护着他的存在价值。读小说也要在它思想的真实面上求索，不能全在现实的言语中求索。庄子曰："近死之心，莫使复阳也。"（《齐物论》）"女儿"才是贾宝玉生命的真实，是他的性观念中最阳光灿烂的部分。亦即福柯所指出的"理想"部分。贾宝玉对林黛玉说："就便为这些人死了，也是情愿的！"①

霭理士有一段话与贾宝玉的追求相合，也与余英时关于大观园是一个理想世界的理论相近：

> 恋爱原是一种可以提高生命价值的很华贵的东西，但若恋爱的授受只限于两人之间，那范围就不免过于狭小，在有志的人，在想提高生活水准的人，就觉得它不配做生活的中心理想了……于两人之外，恋爱一定要有更远大的目的，要照顾到两人以外的世界，要想象到数十年生命以后的未来，要超脱到现实以外的理想的境界，也许这理想永无完全实现的一日，但我们笃信，爱的力量加一分，这理想的现实化也就近一分。"一定要把恋爱和这一类无穷极的远大目的联系起来，它才可以

---

① 《红楼梦脂评汇校本》，第420页。

二　奇情幻化应难拟：贾宝玉的人格

充分表现它可能有的最大的庄严与最深的意义。"[1]

## 3. 太虚一梦

《红楼梦》对贾宝玉太虚幻梦的描写,关系到全部女儿命运的总纲,尤其关于"情榜",研究它的专家颇多。实在也没有哪部书写一个梦像《红楼梦》这样具体的,在金陵十二钗正册、副册、又副册后,再填十二支曲。我在此只关注梦中诸景及梦醒后的细枝末节,至于对少女们命运的索解,前人考查已经周遍了。

警幻仙子是唱着歌出场的,其歌曰:

春梦随云散,飞花逐水流。
寄言众儿女,何必觅闲愁。[2]

甲戌本首联夹批:开口拿"春"字,最紧要!尾联夹批:将通部人一喝。——可见她虽然"掌尘世之女怨男痴"[3],自己却早跳出情网,故名曰"警"。宝玉先看见幻境牌坊

---

[1] 〔英〕霭理士:《性心理学》,潘光旦译注,第456页。
[2] 《红楼梦脂评汇校本》,第65页。
[3] 《红楼梦脂评汇校本》,第66页。

上真假有无的那副对联，后见一座宫门两旁还有一副：

> 厚天高地，堪叹古今情不尽；
> 痴男怨女，可怜风月债难偿。①

甲戌本眉批：菩萨天尊皆因僧道而有，以点俗人，独不许幻造太虚幻境以警情者乎？观者恶其荒唐，余则喜其新鲜。——言下之意，看官不必真相信有这个所在，它不过是为了"点醒俗人"而特意在笔尖上建造的，是新鲜文章。即是说，这些看似诗词联句不要紧的地方，恰是体现作者思想的地方，它们让人警惕风月，无奈——

> 宝玉看了，心下自思道："原来如此。但不知何为'古今之情'，又何为'风月之债'？从今倒要领略领略。"宝玉只顾如此一想，不料早把些邪魔招入膏肓了。②

这段描写很实际，青少年情窦初开之时，当听到古往今来的爱情故事，不会在意它们的结局，却把注意力放在那些细节上，欲要重新经历一遍，有时便刻骨铭心。男子在十

---

① 《红楼梦脂评汇校本》，第66页。
② 《红楼梦脂评汇校本》，第67页。

三四岁，就开始留意这些事。虽然说"朴素的生活、简单的食品、冷水浴、奢侈习惯的预防、一切身心两方面强烈刺激的避免、谨慎的交游、相当繁忙的工作、充分的户外运动等等。一个孩子，家世既清白，天赋又健康，再从小能得到这种调养的功夫，除非碰上不可避免的危险事故，是很有希望可以把性意识的开发展缓上好几年的"[1]，然而这些却件件与宝玉的生活相反，他从小锦衣玉食，备受宠爱。且不管曹雪芹在人物年龄方面几次做出过修改，最后定稿中，贾宝玉的性心理成熟期却是与他身体发育的节奏合拍的。"其有在13岁时便已开始发育的，则有的在12岁时便已做过性梦"[2]，宝玉做此春梦的年龄也与之相当。

他将女儿看作天下第一等公民，因之自惭形秽。《红楼梦》中多次写到宝玉的这个心理。在幻境，众仙姬也是一样，连他也看不上：

> 一见了宝玉，都怨谤警幻道："我们不知系何'贵客'……何故反引这浊物来污染这清净女儿之境？"宝玉听如此说，便唬得欲退不能退，果觉自形

---

[1] 〔英〕霭理士：《性心理学》，潘光旦译注，第357页。
[2] 〔英〕霭理士：《性心理学》，潘光旦译注，第153页。

污秽不堪。①

甲戌本侧批：贵公子不怒而反退，却是宝玉天分中一段情痴。——他在仙姑室中，"更喜其窗下亦有唾绒，奁间时渍粉污"②，连女儿们身上的碎屑都是香的了。这种对于女性具有距离感的惶恐的爱慕，无非表明宝玉此前一向守身如玉。

梦的高潮在警幻将其妹名"兼美"者让予宝玉成姻，并密授云雨之事，"那宝玉恍恍惚惚，依警幻所嘱之言，未免有阳台、巫峡之会"。③何以为"兼美"？——甲戌本侧批：妙！盖指薛、林而言也。——看官知道《红楼梦》中钗黛合传，所以金陵十二钗正册里，她二人也合于一首诗中，她们恰好在他做这个梦之前，齐集荣国府。然而，除此之外，心理学上也有可嘉证明之处。青少年男子在最初性梦发生时，自有它产生的数据与规律：

> 这些人的性梦以视觉性质的为多，触觉性质的次之，而情景中的对象，往往是一个素不相识的女子（27%），或曾经见过一面的女子（56%）……到了

---

① 《红楼梦脂评汇校本》，第71页。
② 《红楼梦脂评汇校本》，第71页。
③ 《红楼梦脂评汇校本》，第77页。

二 奇情幻化应难拟：贾宝玉的人格

后来的梦境里，才能遇到比较美丽的对象；但无论美丑的程度如何，这梦境里的对象和觉醒时实境里所爱悦的女子绝不会是一个人。①

贾宝玉在做这个梦之前一直是守身如玉的，② 睡梦将醒未醒时发生梦遗，③ 是他平生第一次发生这现象。④ 后来央告袭人说："好姐姐，千万别告诉别人，要紧！"⑤ 可见他对此紧张，有羞耻感。⑥ 随后是第六回与袭人"初试云雨

---

① 〔英〕霭理士：《性心理学》，潘光旦译注，第153页。
② "在守身如玉的男子，在这年龄里，性欲的亢进要借性梦的途径，是一种例规（汉密尔顿的研究，发现51%的男子，在12岁到15岁之间，经验到初次性梦与初次亢进，可为明证）。"（〔英〕霭理士：《性心理学》，潘光旦译注，第156页。）
③ "性梦的发生，似乎和睡眠的姿势以及膀胱中积尿的数量没有什么很显著的因果关系；戈氏认为主要的因索还是精囊中精液的充积。"（〔英〕霭理士：《性心理学》，潘光旦译注，第154页。）
④ "袭人伸手与他系裤带时，不觉伸手至大腿处，只觉冰凉一片粘湿。唬得忙退出手来，问是怎么了。宝玉涨红了脸……"（《红楼梦脂评汇校本》，第79页。）
⑤ 《红楼梦脂评汇校本》，第80页。
⑥ 霭理士《性心理学》说：男子第一次性亢进"发生时有的有梦，有的无梦；但无论有梦无梦，有时会引起一番忧虑或羞耻的感觉；一定要过了几年之后，他才明白，只要他体格健全，操守贞定，这是成年生活中必有的一个陪衬的现象，无所用其惊异的"（潘光旦译注，第130页）。

情"的故事：

> 袭人素知贾母已将自己与了宝玉的，今便如此，亦不为越礼……①

为何"不为越礼"？答案遥在第六十五回，小厮兴儿讲道：

> 我们家的规矩，凡爷们大了，未娶亲之先都先放两个人伏侍的。②

袭人即是尊长默许给宝玉的。潘光旦认为中国古人对性的态度非常合于自然，我们也看到，《红楼梦》中这个性梦，也特别符合一个青少年的生理、心理和行为模式，没有淫秽或隐喻。中国古代读书人的是非曲直善恶等观念，都是通达的，故而曹雪芹的创作既能符合读者的平常心，又似乎能超前地命中科学判断，无非来自"自然"二字。潘先生明言：

> 中国一般的自然主义向称发达，全生活性之论是道家哲学的中心，而儒家的主张，也不过欲于"率性

---

① 《红楼梦脂评汇校本》，第80页。
② 《红楼梦脂评汇校本》，第784～785页。

之道"之上，加一番修养的功夫而成其为"教化"而已；因此，读书人对于一切惊奇诡异的事物，严格些的，取一个"不语"或"存而不论"的态度，而宽容些的，更承认"天地之大，何奇不有"的一个原则；……在他们看来，奇则有之，怪则有之，道德的邪正的判断也时或有之，但绝对的罪孽的看法则没有。这无疑是一种广泛的自然主义的效果，在希腊以后与近代以前的西洋是找不到的。①

曹雪芹对贾宝玉性梦的描写也符合这种自然主义态度，并非单纯涉及奇、怪、罪、孽等道德议论。

## 4. 意淫之评

普鲁斯特写道：

> 我们自己的身体，我们视而不见，别人却看得真切；我们"紧跟"我们的思想……但别人却无法看见……②

---

① 〔英〕霭理士：《性心理学》，潘光旦译注，第289页。
② 〔法〕马塞尔·普鲁斯特：《追忆似水年华》（第五卷），周克希、张小鲁、张寅德译，第327页。

贾宝玉要看薛宝钗戴的红麝串,她少不得褪下来给他看:

> 宝钗原生的肌肤丰泽,容易褪不下来。宝玉在旁边看着雪白一段酥臂,不觉动了羡慕之心,暗暗想道:"这个膀子要长在林妹妹身上,或者还得摸一摸,偏生长在他身上。"正是恨没福得摸。忽然想起"金玉"一事来,再看看宝钗形容,只见脸若银盆,眼似水杏,唇不点而红,眉不画而翠,比黛玉另具一种妩媚风流,不觉就呆了,宝钗褪了串子来递与他也忘了接。①

甲戌本侧批:忘情,非呆也。

书中多次写贾宝玉"忘情"之态。玉钏尝羹(第三十五回)、平儿理妆(第四十四回)、香菱解裙(第六十二回)等故事中,贾宝玉无不忘情,世人评他"痴"。婆子们说他:"怪道有人说他家宝玉是外像好里头糊涂,中看不中吃的,果然有些呆气……时常没人在跟前,就自哭自笑的:看见燕子,就和燕子说话;河里看见了鱼,就和鱼说话;

---

① 《红楼梦脂评汇校本》,第369页。

见了星星月亮，不是长吁短叹，就是咕咕哝哝的。"①

忘情就像观看一幅画或者听一段音乐，不自觉自己已不在当下世界，神游乎外，和另外一个世界融为一体了。他看见宝钗的胳膊，被打动了；望见黛玉的泪痕，就忘了礼法。处处紧随关于女儿的理想和思想，忘记自我身在何处，茫茫然无所终。这是贾宝玉人格中最真实的部分，却不为他生活世界的现实接受。《红楼梦》第一回谈到这本书的一段创作渊源：

> 虽其中大旨谈情，亦不过实录其事，又非假拟妄称，一味淫邀艳约、私定偷盟之可比。因毫不干涉时世，方从头至尾抄录回来，问世传奇。因空见色，由色生情，传情入色，自色悟空，遂易名情僧，改《石头记》为《情僧录》。②

《情僧录》是《红楼梦》的又一名字，后来续书中宝玉出家的情节与此或有关系。"由色生情，传情入色"的前提是"忘情"。——大概曹雪芹是与贾宝玉一样忘情的人，如张爱玲所言："天才在实生活中像白痴一样的也许有。

---

① 《红楼梦脂评汇校本》，第437页。
② 《红楼梦脂评汇校本》，第7页。

这样的人却写不出《红楼梦》来。"①

贾宝玉的"痴"并不是白痴的"痴",亦如陀思妥耶夫斯基笔下的梅什金公爵,现实中人人都认为他是个"白痴",可是人人却又愿意信托于他,因他纯洁无瑕。贾宝玉之忘情被曹雪芹命名为"意淫"。贾宝玉是纨绔子弟,又有着一般青少年的性心理,难免有色欲,但是他用"情"做周转,把它化为"空",变成美的欣赏,这是较难得的。

"意淫"出自警幻慰宝玉的话:

> 如尔则天分中生成一段痴情,吾辈推之为"意淫"。"意淫"二字,惟心会而不可口传,可神通而不能语达。汝今独得此二字,在闺阁中,固可为良友,然于世道中未免迂阔怪诡,百口嘲谤,万目睚眦。②

甲戌本侧批:按宝玉一生心性,只不过是"体贴"二字,故曰"意淫"。——余英时也认为"故情又可叫做'意淫'",并且说:"曹雪芹有意告诉我们,宝玉其实是一个

---

① 张爱玲:《红楼梦魇》,第258页。
② 《红楼梦脂评汇校本》,第76页。

有情有欲的人；所不同者，他的欲永远是为情服务的，是结果而不是原因。"① ——然而，如果"意淫"就是指体贴或者情，又何必"百口嘲谤，万目睚眦"呢？人世间谁人不喜体贴、重情之人？又何必宝玉"独得此二字"？警幻说他"天分中生成一段痴情"，包含着怎样一种痴性呢？

痴情或忘情似比体贴、用情的意义为高。作者将贾宝玉此种人格定性为"情不情"，即使无情之物也以情待之，譬如燕子、鱼、星星、月亮。看官或还记得第十九回中喜剧性的一幕，宝玉在宁府看戏无聊，忽想起有一小书房中挂着一幅美人图轴，心想："那美人也自然是寂寞的，须得我去望慰他一回。"② 在痴情或忘情的一方，重要的不是以情换情、以情抚情，而是将自我舍给对方，以他为主，往往跨越自己，须能二者合一。

德国哲学家马克斯·舍勒在《同情现象的差异》一文中说道：

> 为达到一体感，人必须同时"英雄般地"超越他的身躯和一切对他重要的东西，必须同时"忘却"

---

① 余英时：《红楼梦的两个世界》，第67页。
② 《红楼梦脂评汇校本》，第235页。

他的精神个性或者对它不予"注意",这就是说,放弃他的精神尊严,听任其本能的"生命"行事。我们也可以说:他必须变得"小于"人这种具有理性和尊严的生命;他必须"大于"那种只在其身体状态之中活着和"存在着"的动物。①

可以说,贾宝玉的"生命"就是"女儿",他小于她们,同时大于他接触她们时的身体欲望,在用情方面超越了情,英雄般地超越了他的家族和时代。在《红楼梦》里,这种天性惟他独有。

小说中贾宝玉的人格是逐渐被深化的,他天分中的"一段痴情"随着情节发展,才被自己认识得越来越深,往往是因情而悟,比如第二十一回"贤袭人娇嗔箴宝玉"、第三十回"龄官划蔷痴及局外"等关节处。但对于生命而言,意义最独特的,还在他听了黛玉《葬花吟》的悲歌之后:

> 因此一而二,二而三,反复推求了去,真不知此时此际欲为何等蠢物,杳无所知,逃大造,出尘网,

---

① 〔德〕马克思·舍勒:《同情感与他者》,朱雁冰等译,北京师范大学出版社,2014,第47页。

使可解释这段悲伤。正是：

　　花影不离身左右，鸟声只在耳东西。①

甲戌本侧批：二句作禅语参。——这便是痴情或忘情的意义：自我一下子空空如也，现实世界变得荡荡若存，惟恍惟惚。

　　贾宝玉的"意淫"不仅是用情，更是情之彼岸，情之穿越。

## 5. 爱欲死欲

　　少年十三四岁萌发两性之间美好的情感渴望，同时也尝到生命价值或可允为陨落之滋味，据人的意识之发展阶段而言，正是他们兼具了爱欲与死欲的一体两面。英国文豪莎士比亚高举《罗密欧与朱丽叶》永恒形象的醇酒，奠洒爱情本质，借罗密欧痛哭朱丽叶之口，诘问世人：

　　难道那虚无的死亡，那枯瘦可憎的妖魔，也是个多情种子，所以把你藏匿在这幽暗的洞府里做他的情妇吗？②

---

① 《红楼梦脂评汇校本》，第355页。
② 〔英〕威廉·莎士比亚：《罗密欧与朱丽叶》，朱生豪译，《莎士比亚全集》（第五卷），译林出版社，1998，第180页。

汤显祖笔下的杜丽娘春梦惊醒，遍寻不见，依稀想象人儿不能重现，悟世间生命爱恋随人，却寂寞酸楚难言，宁一死，独吟道：

【江儿水】偶然间心似缱，梅树边。这般花花草草由人恋，生生死死随人愿，便酸酸楚楚无人怨。待打香魂一片，阴雨梅天，守的个梅根相见。①

冯小青形单影只，念世界镜花水月，万丈闲愁，遂永诀曰：

嗟乎，未知生乐，焉知死悲？憾促欢淹，毋乃非达？至其沦忽，亦非自今；结褵以来，有宵靡旦；夜台滋味，谅不如斯；何必紫玉成烟，白花飞蝶，而乃谓之死哉！②

曹雪芹塑造贾宝玉，其肺腑衷肠，更是波诡云谲：

只求你们同看着我，守着我，等我有一日化成了飞灰，——飞灰还不好，灰还有形有迹，还有知识。

---

① 《王思任批评本牡丹亭》，第34~35页。
② 潘光旦：《冯小青》，第65页。

二　奇情幻化应难拟：贾宝玉的人格

等我化成一股轻烟，风一吹便散了的时候，你们也管不得我，我也顾不得你们了。那时凭我去，我也凭你们爱那里去就去了。①

比如我此时若果有造化，该死于此时的，趁你们在，我就死了，再能够你们哭我的眼泪流成大河，把我的尸首漂起来，送到那鸦雀不到的幽僻之处，随风化了，自此再不要托生为人，就是我死的得时了。②

在我品读来，宝玉说的这些话真是摧肝裂胆。情不惧生死，纵死，将为情种化入天地。"红楼梦十二支曲"之"引子"问道：开辟鸿蒙，谁为情种？甲戌本侧批：非作者为谁？——在此，我不禁再问：非宝玉为谁？

爱欲与性欲不同之处乃在于爱欲并不为性欲占领控制，可自由张弛。③"爱欲作为生命本能，指的是一种较

---

① 《红楼梦脂评汇校本》，第245页。
② 《红楼梦脂评汇校本》，第446页。
③ 魏宁格说道："认为性欲（sexuality）与爱欲（eroticism），即性冲动与爱情，两者在本质上完全是一回事，这个观点是非常错误的，因为后者（爱欲、爱情）是对前者（性欲、性冲动）的修饰、净化、高尚化和升华。"（《性与性格》，肖聿译，第264页。）

明刻本《还魂记》(《牡丹亭》别称)插画

大的生物本能,而不是一个较大的性欲范围。"① 贾宝玉性欲的不作为,与他爱欲之增长的关系成正比。爱欲能够

---

① 〔美〕赫伯特·马尔库塞:《爱欲与文明》,黄勇、薛民译,上海译文出版社,2012,第186页。

二 奇情幻化应难拟:贾宝玉的人格

穿透生死，与生物之自然界混为一体，它同时也具有社会性、历史性、审美性等特征，而不独与一己身体相挂碍。美国哲学家赫伯特·马尔库塞（Herbert Marcuse）对此说道：

> 随着性欲转变为爱欲，生命本能也发展了自己的感性秩序，而理性就其为保护和丰富生命本能而理解和组织必然性而言，也变得感性化了。于是审美经验的基础再次出现了，而且不只是艺术家的文化中，还在生存斗争本身中。①

据此，爱欲是一种从自我开始扩张至整个世界乃至自然的能力，它饱含生存斗争的张力、撕裂感，在类似于死的痛苦中，将全部的生命经验转化为可以感觉到的美。贾宝玉对死的想象性的描绘，尤为典型。他的世界并没有因他的死而消失，女儿们尚在，女儿们的眼泪仍然如往常一样流着，但他为她们存的那份心思，便不再因为付出了巨大的努力却显得微乎其微而苦痛了，他抛弃了现实，他的斗争消解了，他若无其事地离开了，他解脱了。于是在弗洛伊

---

① 〔美〕赫伯特·马尔库塞：《爱欲与文明》，黄勇、薛民译，第205页。

德心理学的意义上达到了"涅槃原则"。

这是在他的观念中,一个男人的世界与女儿的世界的斗争。曹雪芹是这样写的:

> 因他自幼姊妹丛中长大,亲姊妹有元春、探春,伯叔的有迎春、惜春,亲戚中又有史湘云、林黛玉、薛宝钗等诸人。他便料定,原来天生人为万物之灵,凡山川日月之精秀,只钟于女儿,须眉男子不过是些渣滓浊沫而已。因有这个呆念在心,把一切男子都看成混沌浊物,可有可无。只是父亲叔伯兄弟中,因孔子是亘古第一人说下的,不可忤慢,只得要听他这句话。所以,弟兄之间不过尽其大概的情理就罢了,并不想自己是丈夫,须要为子弟之表率。[①]

因此,在贾宝玉的人格中,有三重位格:女儿是第一位格;自我身心是第二位格,它偏向于第一位格的吸引(所谓"呆念");父兄子弟等男性伦常构成第三位格,这是传统和历史境遇(自孔子开始)。

这个第三位格或多或少给贾宝玉带来了压抑,当然没有压抑也就没有斗争。他的人格中所具有的三重位格,分

---

[①] 《红楼梦脂评汇校本》,第257页。

别倾向于弗洛伊德心理学上的"快乐原则"、"涅槃原则"与"压抑原则"。惟独女儿的清净世界给他带来快乐。这种快乐不是性欲的释放，而是审美的需要。

贾宝玉有意识地拆解第三位格的压抑性的强力。余英时将其解读为"情"与"礼"的对抗。在《曹雪芹的反传统思想》一文中，他认为，曹雪芹有阮籍、嵇康般的魏晋风骨，"红楼梦中的'情'字无疑正是'礼'字的对面。'情'出自然，'礼'由名教；所以魏晋时代哲学上的自然与名教之争落到社会范畴之内便恰好是'情'与'礼'的对立"①。如此揣度未尝不可，正如他指出的，汤显祖、戴震也有相关思想。但是说"红楼梦全书都是暴露礼法的丑恶的"②，则有些无的放矢了。

奥地利心理学家阿尔弗雷德·阿德勒（Alfred Adler）谈到过人类历史上曾经存在的母系社会力量与男权社会相斗争：

> 我们必须注意到男权现象并不是自然发生的，而是得到了众多法律条文和执法力量的保障，从而使得男性在那些男权并没有明确的年代中，其主导地位被

---

① 余英时：《红楼梦的两个世界》，第254~255页。
② 余英时：《红楼梦的两个世界》，第247页。

确立下来。历史证明，母系氏族也曾经存在。在母系氏族中，母亲或女性扮演着主导的角色。在那个时代，男性一出生就被教育要尊重母亲。母系氏族的文化传统也贯穿于远古制度之中。从女性主导到男性主导的社会的过渡时期必然存在着一场残酷的、持续的斗争。①

我们对于曹雪芹的思想所知甚少，除了《红楼梦》，缺少其他文字资料，他又不像阮籍、嵇康、汤显祖、戴震那样直抒胸臆，以第一人称直接写下自己的想法，曹雪芹是通过塑造人物，即以第三人称视角来显明其思想之价值的。从清代开始，我国妇女文学出现了前所未有的繁荣景象，② 未尝不与乾隆年间出现的《镜花缘》、《红楼梦》等小说有关。贾宝玉这个人物需要在这样一个特殊的背景下去看才有真实的意义：与其说是在"情"与"礼"的对抗中，还不如说是在女儿的理想与以男性为主导的历史社会之间开展的一次人格斗争。

---

① 〔奥〕阿尔弗雷德·阿德勒：《理解人性》，李欢欢译，中国人民大学出版社，2017，第83页。
② 参看陈东原《中国妇女生活史》，商务印书馆，2015，第200页以降。

二 奇情幻化应难拟：贾宝玉的人格

如马尔库塞所说:

>当心理学撕去了意识形态的面纱而要探索人格的构造时,它就把个体消解了,因为个体自主的人格不过是人类一般压抑的僵硬表现而已。自我意识和理性,依照内部和外部压抑征服并塑造了历史性的世界。……心理学在把自我人格观念"消解"为其主要组成部分之后,实际上就把造就着个体的(基本上不为自我所意识的)亚个体和前个体因素暴露无遗了,因为它揭示了普遍的东西在个体之中对个体所具有的力量。[1]

简言之,贾宝玉人格中的第一位格实在太伟大了,在褫夺他的自我意识即其第二位格的斗争中,促使他变成了他的"亚个体"和"前个体",然而他并不认为自己是一个女孩儿,而是那些女儿们的代言人或保护者,是精神性的、超脱于现实或传统意识形态的一股力量,即超脱于其第三位格的力量。

贾宝玉的人格中印刻着两性斗争的影子,一如他向来诽谤男人的品格,而保护女子。我并不想将他看作女权斗

---

[1] 〔美〕赫伯特·马尔库塞:《爱欲与文明》,黄勇、薛民译,第45~46页。

争的先驱，只是想说明在他的生活世界中、在他的心理导向上，一直张扬着一面不为当时主流文化所接纳的旗纛。张爱玲也认为《红楼梦》的悲剧是主人公个人性格的悲剧。不论多种续书中贾宝玉最后是出家、沦为乞丐还是扑街而殁，他的悲剧是必然的，是他自己的自然天性的牺牲品，在社会层面上的抄家情节只是加速了悲剧的发生而已。

我们在望远镜中看到的这个人，不是万绿丛中的一点红，而是有着英雄般人格的人。贾宝玉对自己想象中的死亡描述得那样诗意，正印证了：

> 假如所有有机生命中的"强制性倒退"都追求完全的安宁，如果涅槃原则是快乐原则的基础，那么死亡的必然性就会呈现出全新的面目。死亡本能的破坏性不是为了它自己，而是为了解除张力。向死亡退却也就是在无意识地逃离痛苦和缺乏，它表现了反痛苦、反压抑的永恒斗争。影响着这场斗争的历史变化，似乎也影响着死亡本能本身。要对本能的历史特性作进一步解释，就必须把本能置于……新的人格概念之中。[1]

---

[1] 〔美〕赫伯特·马尔库塞：《爱欲与文明》，黄勇、薛民译，第19~20页。

二　奇情幻化应难拟：贾宝玉的人格

死欲在此不是现实之哀,而是斗争结束后的安宁,同时透出了历史另一可能的面向。世界也因此滋养着由新的个体人格的根脉而舒张开的寂静树冠。

如"红楼梦十二支曲"最后的收尾:"落了片白茫茫大地真干净!"① 这一句至少同爱尔兰作家詹姆斯·乔伊斯(James Joyce)《都柏林人》的最后收尾一样美:

> 他的灵魂缓缓地昏睡了,当他听着雪花微微地穿过宇宙在飘落,微微地,如同他们最终的结局那样,飘落到所有的生者和死者身上。②

让我们回到对贾宝玉人格的分析上。何以在开始谈论贾宝玉时就须触及"男风"这个题目呢?——曾经有一位美国教授的太太拜访张爱玲,向她提一个问题:中国人既然那样注重女人幽娴贞静,为什么又爱慕侠女?张爱玲以开玩笑的笔调写道:

> 这问题使我想起阿拉伯人对女人管得更紧,罩面幕,以肥胖为美,填鸭似的在帐篷里地毯上吃了睡,

---

① 《红楼梦脂评汇校本》,第75页。
② 〔爱尔兰〕詹姆斯·乔伊斯:《都柏林人》,孙梁、宗博等译,浙江文艺出版社,2002,第246~247页。

睡了吃。结果他们鄙视女人，喜欢男色。回教国家大都这样。中国人是太正常了，把女人管得笔直之后，只另在社会体系外创造了个侠女，也常在女孩子中间发现她的面影。①

这段玩话，实有两层意思：一是人的性欲、爱欲有其社会、历史层面之原因；一是人的个性中有男女、阴阳两面，比如于女孩子身上找社会体系中空缺的某种人格，让她们显出男子的侠气。只不过男子身上的女人气历来在各社会里都不缺乏，不显得更比女侠可敬、可爱。

贾宝玉有其孱弱的一面，从小生在温柔乡，放弃仕途，无法为子弟做表率，也不能挽救家族于颓势，一任其败落，所交之友，北静王、冯紫英、卫若兰（关于他射圃的故事仅见于脂批，八十回中未见）、柳湘莲等都有些英杰见识、遗世侠骨，却于他心性无助。曹雪芹用村妪刘姥姥酒后不意醉卧怡红院来刺宝玉——庚辰本回前批：亦作者特为转眼不知身后事写来作戒，纨绔公子

---

① 张爱玲：《红楼梦魇》，第213页。当然她说的均是阿拉伯与中国传统社会。我国古时妇女外出也罩面，参看前引《礼记·内则》之文。

二　奇情幻化应难拟：贾宝玉的人格　111

可不慎哉？①

　　这是他作为礼法维系的男性社会中一个失败者的形影。但是他的一个梦、关于女儿的理想、他的爱欲和死欲的深刻性，即使不从心理学上分析——即如同"它可能是一种倒退趋向的残余，是原始母权的回忆，也是'阻止当时流行的妇女特权丧失现象的象征性手段'"② 等——也同样具有文化革新的意义，即他的自我身份性别的转向说明："通向高级文化之路要经过一个真正的同性恋阶段。"③ 因为，从自我恋到追寻美，是一条完整的上升路线。

　　上文已经说明了贾宝玉并非被限定意义下的同性恋，而是通往同性恋的一个自恋阶段。所以他的人格的史诗般文化意义体现在：

　　　　自恋……作为现实构造中的一个组成部分存在下来，他是与成熟的现实自我共存的。弗洛伊德认为这种保存下来的原始自我感觉的"观念化内容"广阔无垠，与宇宙浑然一体（是一种海洋般广阔的感觉）。……自恋超出了所有非成熟的自发爱欲，它还

---

① 参见《红楼梦脂评汇校本》，第497页。
② 〔美〕赫伯特·马尔库塞：《爱欲与文明》，黄勇、薛民译，第210页。
③ 〔美〕赫伯特·马尔库塞：《爱欲与文明》，黄勇、薛民译，第192页。

表示一种与现实之间具有的根本关系,这是可以产生一个全面的生存秩序的关系。换言之,自恋可能包含着一种不同的现实原则的种子……它使这个世界转变成一种新的存在方式。①

男性世界的存在方式是贾宝玉生存的"现实",然而,"在现实原则背后,存在着一个基本事实,这就是缺乏"②。换言之,"缺乏"是所有"现实存在"的基本形式。所以,人才需要"真实",即曹雪芹在贾宝玉的人格中分配了女性世界的思想基础。马尔库塞也区别现实与真实。③

---

① 〔美〕赫伯特·马尔库塞:《爱欲与文明》,黄勇、薛民译,第152~153页。
② 〔美〕赫伯特·马尔库塞:《爱欲与文明》,黄勇、薛民译,第25页。
③ "现实原则支持着外部世界中的有机体。对人类有机体来说,这个外部世界就是一种历史的世界。成长着的自我所面对的外部世界在任何阶段都是某种现实的特定社会——历史组织,它通过特定的社会机构及其代理人影响心理结构。曾有人认为,弗洛伊德的现实原则概念由于把历史偶然性变成了生物必然性而抹煞了这个事实……这种批评现在还是有效的,但这种有效性并不影响弗洛伊德下述概括的真实性:一种压抑性的本能组织是文明中现实原则的一切历史形式的基础。"(〔美〕赫伯特·马尔库塞:《爱欲与文明》,黄勇、薛民译,第24页。)

二 奇情幻化应难拟:贾宝玉的人格

我们再一次看到，曹雪芹的创作意识超越了历史。

普鲁斯特的一段话可以为曹雪芹笔下的贾宝玉作注：

> 甚至我在我的肉欲中，在这总是朝着一定的方向、集中在同一个梦想周围的最强烈的肉欲中，也能辨认出一个主导思想，我可以为它献出自己的生命。这个思想的核心就是尽善尽美。①

其实，作为《红楼梦》的读者，我一直为曹雪芹、贾宝玉痛心。因为他塑造的这个形象总被人误以为只有阴柔的一面，而忽视了他的人格中"阳"的一面，即他的理想、他的斗争、他的自我实现的渴望。而且，他们超越性的爱欲在现实面前就只能是死欲（涅槃）。在没有其他可能格式的文化背景下，曹雪芹或许只能选择让他的主人公遁入空门，追随僧道飘然而去。但他自己呢？我相信他的"十年辛苦不寻常"。从压抑性的原则之下寻得自我解放的途径是创作和非异化的劳作。有时我会阅读康德《人类历史起源臆测》中的一段话来安慰自己，至少可以解释这些现象，稀释这些人类现象带来的压抑：

---

① 〔法〕马塞尔·普鲁斯特：《追忆似水年华》（第三卷），潘丽珍、许渊仲译，第39页。

> 有思想的人都感到一种忧伤……而它又是不肯思想的人所全然不理解的：那就是对统治着世界行程的整体天意心怀不满……然而，最重要之点却在于：我们应该满足于天意（尽管天意已经就我们地上的世界为我们规划好了一条如此之艰辛的道路）；部分地为的是要在艰难困苦之中不断地鼓舞勇气，部分地为的是当我们把它归咎于命运而不归咎于我们自身的时候……使我们能着眼于自己本身，而不放过自我改进以求克服它们。①

这就是"真实"的意义所在，也是何以"记忆"对于人类那么重要的原因：标记、治愈。马尔库塞说："记忆之所以具有治疗作用，是因为它具有真理价值。"②

或许，对于贾宝玉，"由于认识让位于重新认识，幼时被禁的形象和冲动开始说出为理性所否定的真理"③。类似于个体人格和心理上阴阳两面的转换、争夺。魏宁格认为

---

① 〔德〕康德：《历史理性批判文集》，何兆武译，商务印书馆，1990，第74~75页。
② 〔美〕赫伯特·马尔库塞：《爱欲与文明》，黄勇、薛民译，第10页。
③ 〔美〕赫伯特·马尔库塞：《爱欲与文明》，黄勇、薛民译，第10页。

女性是"否"(not),是"无"(nothing),而"人类是由男性和女性构成的,是由'有'和'无'构成的"①。真(爱欲)、假(现实中之"缺乏"),有(以男性为主的世界)、无(来自女性的否定),自有它们哲学上的意义。

最后,我还想指出一点。前文说到贾宝玉的"情"不仅仅是体贴,还有忘却、忘我,而曹雪芹在帮他记忆。"同忘却能力一样,记忆能力也是文明的产物,也许是文明的最古老、最基本的心理成就。"② 曹雪芹就是这样一位伟大作家,他同普鲁斯特一样,为人类留下了最美的人格、人性之记忆。因为:

> 不释放记忆的被压抑内容,不释放其解放力量,非压抑性升华是不可想象的。从俄耳浦斯神话到普鲁斯特小说;幸福和自由一直是与恢复时间的观念相联结的。……深入于意识之中的爱欲被记忆所推动。③

曹雪芹说《红楼梦》"字字看来皆是血",是呕心沥

---

① 〔奥〕魏宁格:《性与性格》,肖聿译,第312页。
② 〔美〕赫伯特·马尔库塞:《爱欲与文明》,黄勇、薛民译,第214页。
③ 〔美〕赫伯特·马尔库塞:《爱欲与文明》,黄勇、薛民译,第214页。

血,也是盘亘在现实之下的爱与死的血沫。我在此引用普鲁斯特的一句话为曹雪芹作注。对于我们每一个人来说,真实的是:

> 爱是我们灵魂的一部分,它比我们身上那些先后泯灭的、自私地希望挽留这个爱的自我更加经久不衰。①

而贾宝玉的形象,就是在现实之褫夺下留存的真实之爱欲的承载者、保存者,曹雪芹赋予他的,是两性之间一种异质的尊敬,来自青年男子对女儿理想的高度赞扬。无论从性欲心理,抑或爱欲之人格方面,贾宝玉的形象塑造在文学史上都是独一无二的,他是真正爱女性的人。

---

① 〔法〕马塞尔·普鲁斯特:《追忆似水年华》(第七卷),徐和瑾、周国强译,第199页。

# 三

## 情天色界两茫茫

### 其他三位主要男性的性情

让我们开始做一项人类学的考察，这里所指的是康德的实用人类学，因为当下的工作可以得到他观点的支持：

> 一些虽然并非人类学的源泉，但毕竟是它的辅助手段的东西：世界历史、传记，甚至戏剧和小说。因为虽然配给后两者的真正说来不是经验和真实，而仅仅是虚构，而且这里允许对个性和人被置于其中的情境彷佛在梦幻中一样加以夸张……却毕竟在其基本特点上必须取材于对人的现实活动的观察，因为它们虽然在程度上有所夸张，但在质上却毕竟必须与人的本性相吻合。[①]

熟悉《红楼梦》的看官知道，书中除了贾宝玉与众女儿，另外在现实的尺度上描写情欲的各种活动，分别围绕其他男性角色展开，最主要的是薛蟠与香菱的故事，作为一条隐藏性的叙事长线，自第一回甄英莲（即后来的香菱）幼时被拐，到第八十回被虐待，这条线索一向埋伏着，从

---

[①] 〔德〕康德：《实用人类学》，李秋零译，《康德著作全集》（第七卷），中国人民大学出版社，2010，第116页。

未间断；再就是贾琏的艳遇事件，层出不穷，作为小说间色性的短线叙事，一段接一段浮出水面，其中最具体详尽的，是他娶尤二姐那次昙花一现的露水情缘；还有一个角色不能忽略，那就是贾瑞。前文提到，按张爱玲的参详，曾出现在《风月宝鉴》中的众多人物都以情欲为主，后来保留在《红楼梦》中的唯一典型男性就是贾瑞；且他与薛蟠、贾琏的情欲结构颇不相同，所以我先以对这个角色的分析作伐。至于贾珍、贾蓉等，其情欲活动均非正面描写，总在为其他相关角色背面敷粉，故不予讨论。

## 1. 贾瑞之迷恋

贾瑞在两回文字中出现，故事很短。我们所知道的是，第一，他对王熙凤陷入不能自拔的迷恋中，乃至身毁人亡；第二，作者以此为戒，警醒世人，为的是点出情欲之关卡的坎陷。其中用到镜子之正反面的比喻，正面是对他所迷恋对象的肉欲的想象性实现，反面映照出所有人情欲的本相，一副骷髅。佛家有白骨观的禅修之法，目的是熄灭对色身的贪恋。当然，除却这些传统思想，即便康德，在谈到迷惑现象时，也不约而同地用到"镜子"来比喻：

就像一只鸟对着镜子看到了自己,它扑打着翅膀,一会认为它是一只真实的鸟,一会又认为它不是。对人的这种戏弄,使他们不相信自己的感官,尤其出现在那些受到情欲强烈侵袭的人那里。①

受到情欲的侵袭,贾瑞分不清真实,深陷迷恋,如飞蛾扑火。王熙凤两次用计令其悔改,都未见效。第十二回写:"此时贾瑞前心犹是未改,再想不到是凤姐捉弄他。过后两日,得了空,便仍来找凤姐。……凤姐因见他自投罗网,少不得再寻别计令他知改。"②

王熙凤再三拒绝,贾瑞反而难耐其欲,他不过是把她当作泄欲对象,读者能够看出,他如果得到满足,也便消停了。然而,这种此消彼长的欲望拉锯战,最终一定是以吞噬自己为结果的,正如康德所言:

如果……欲望(通过享受)得到满足,那么,至少就同一个人而言,这欲望就同时终止了,因而人们也许可以把一种狂热的迷恋列为情欲(只要另一方坚持拒绝)……情欲总是以主体的某种准则为前

---

① 〔德〕康德:《实用人类学》,李秋零译,第143页。
② 《红楼梦脂评汇校本》,第150页。

光绪二十九年孙温绘本之贾瑞遇王熙凤情节

提条件,按照由偏好给主体规定的目的来行动。

……情欲对于纯粹实践理性来说是痼疾,而且多半无法治愈,因为病人不愿意被治愈,而且要摆脱那惟一能够治愈他的原理的统治。[1]

贾瑞正照风月鉴,"只见凤姐站在里面招手叫他。贾瑞心中一喜,荡悠悠的觉得进了镜子……心中到底不足,

---

[1] 〔德〕康德:《实用人类学》,李秋零译,第260~261页。

又翻过正面来，只见凤姐还招手叫他，他又进去。如此三四次"。① 这就是所谓"按照由偏好给主体规定的目的来行动"。曹雪芹的描写勾魂摄魄，点明贾瑞实际是做了自己情欲的奴隶。在这一点上，康德对此种人格的分析特别到位，简直可以与贾瑞这个形象里外对照，相携成影：

> 情欲则放弃自由和自我控制，并且在奴隶意识上找到自己的愉快和满足。……不幸的人就在自己的枷锁之下呻吟，尽管如此他仍不能挣脱这枷锁，因为这枷锁仿佛已经与他的肢体长在一起。②

小说中贾瑞的病不仅是受寒、受惊所致，关键在于他对凤姐的欲望变成了长在他身上的一个幻影儿，令其身不由己，"快乐地"煎熬。"他二十来岁之人，尚未娶亲，迩来想着凤姐，未免有那指头告了消乏等事。"③"指头告了消乏"出自王实甫《西厢记·赖简》，金圣叹评《西厢记》曰："此固极猥亵语也，然而不嫌竟写之者，盖佛经

---

① 《红楼梦脂评汇校本》，第153～154页。
② 〔德〕康德：《实用人类学》，李秋零译，第261页。
③ 《红楼梦脂评汇校本》，第152页。

亦曾直说其事,谓之'以手出精',非法淫也。"① 即男子手淫。虽有碍雅驯,但文学家直接写出,更显巨识,即如佛经亦有记载。

霭理士在《性心理学》中也提到:

> 青年的结婚年龄展迟以后,自春机发陈以至成年,这许多年以内的性欲是无法满足的,虽有手淫一类的解欲的出路,但往往因积欲太久,其满足的程度也自有限;这时期以内的性欲,既有积而不解的一般倾向,而虽解又每患不尽,影响所及,对于解欲过程的循环机构,不免引起几分损坏。有此内外两个原因,于是神经衰弱性的性能痿缩便很难避免了。②

这可真如康德所说"这枷锁仿佛已经与他的肢体长在一起"了。

德国哲学家马克斯·舍勒研究过"迷恋"现象,并认为因此"他的精神—德性的展开陷于阻滞,那就是受到本能冲动的束缚,或者确切地说,那就是将本能冲动触

---

① （元）王实甫著,（清）金圣叹批评《金圣叹批评本西厢记》,陆林校点,凤凰出版社,2011,第139页。
② 〔英〕霭理士:《性心理学》,潘光旦译注,第420页。

发爱和确定爱之对象的作用颠倒为一种束缚和阻滞的作用"①。换言之，如贾宝玉，他的情欲的展开为他打开了另一个超越的世界，而贾瑞恰恰颠倒过来了，他的情欲成为阻滞他的一股蛮力，囿于本能性冲动，无法挣脱，作茧自缚。

王熙凤之所以拒绝贾瑞的深层原因，有她人格方面的因素，② 另外还有历史和传统观念的因素，如平儿说贾瑞"癞蛤蟆想天鹅肉吃，没人伦的混账东西"③，还有一层心理原因或许在于：凤姐意识到贾瑞出身宗族世家，却被性本能奴役，打心眼里瞧不起他。如贾瑞治病须食"独参汤"，王夫人命凤姐寻些来，"凤姐听了，也不遣人去寻，只得将些渣末泡须凑了几钱，命人送去"④。己卯本夹批：然便有二两独参汤，贾瑞固亦不能好，又岂能望好，但凤姐之毒何如是耶？终是瑞之自失。——就像康德所说的，如此这般的情欲"不仅在实用上是有害的，而且也在道

---

① 〔德〕马克思·舍勒：《爱的秩序》，孙周兴等译，北京师范大学出版社，2014，第110页。
② 参见本书第四章所论王熙凤的人格。
③ 《红楼梦脂评汇校本》，第147页。
④ 《红楼梦脂评汇校本》，第153页。

三　情天色界两茫茫：其他三位主要男性的性情　　127

德上是可鄙的"①。

## 2. 薛蟠之小我

明代小说《金瓶梅》开篇作《四贪词》，以酒、色、财、气，寓现实男性之主要人格。《红楼梦》第八十回，迎春哭诉说孙绍祖"一味好色，好赌酗酒，家中所有的媳妇丫头将及淫遍。略劝过两三次，便骂我是'醋汁子老婆拧出来的'。又说老爷曾收着他五千银子，不该使了他的。如今他来要了两三次不得，他便指着我的脸说道：'你别和我充夫人娘子，你老子使了我五千银子，把你准折卖给我的……'"②等语，这人身上也无非酒、色、财、气四个字，活脱一个贾宝玉口中的"须眉浊物"。

看官大略还记得薛家进驻荣国府的前因是薛蟠使气杀人（第四回）。在贾宅住不到一月，"凡是那些纨绔气习者，莫不喜与他来往，今日会酒，明日观花，甚至聚赌嫖娼，渐渐无所不至，引诱的薛蟠比当日更坏了十倍"③。

---

① 〔德〕康德：《实用人类学》，李秋零译，第261页。
② 《红楼梦脂评汇校本》，第980页。
③ 《红楼梦脂评汇校本》，第60页。

他娶夏金桂之后（第七十九回），她利用他执迷酒、色，算计如何挫其气性，"若不趁热灶一气炮制熟烂，将来必不能自竖旗帜矣"①，在曹雪芹笔下，"薛蟠本是个怜新弃旧的人，且是有酒胆无饭力的"②，所以被夏金桂用计以陪嫁丫鬟宝蟾为代价钳制住：

> 只因薛蟠天性是"得陇望蜀"的，如今娶了金桂，又见金桂的丫头宝蟾有三分姿色，举止轻浮可爱，便时常要茶要水的故意撩逗他。
>
> ……薛蟠听了，仗着酒盖脸，便趁势跪在被上拉着金桂笑道："好姐姐，你若要把宝蟾赏了我，你要怎样就怎样。你要人脑子也弄来给你。"③

虽说贾、史、王、薛一损俱损、一荣俱荣，然八十回中只在王夫人、王熙凤口中略点出王家事迹，史太君、史湘云口中微透史家陈情，唯有薛姨妈、薛蟠、薛宝钗三人一门作为书中正传，这当然也主要是为写薛宝钗。薛蟠与薛宝钗兄妹在男女两极刚好形成贾宝玉所认知的两个世界

---

① 《红楼梦脂评汇校本》，第969页。
② 《红楼梦脂评汇校本》，第970页。
③ 《红楼梦脂评汇校本》，第973页。

之张力，男子何其浊，女子何其清。此外，薛蟠还类似戏剧中插科打诨的角色，书中多有其"趣传"，为妙笔生花。

他这个人物的性格也颇有几分爽直，如书中说"薛蟠本是个心直口快的人，一生见不得这样藏头露尾的事"① 等。这种憨实可爱的人性底色源于他对薛家母女二人的惦念挂心，对母亲尊敬，又对妹妹满怀诚意，如第三十五回：

> 薛蟠道："……何苦来，为我一个人，娘儿两个天天操心！妈为我生气还有可恕，若只管叫妹妹为我操心，我更不是人了。如今父亲没了，我不能多孝顺妈多疼妹妹，反教娘生气妹妹烦恼，真连个畜生也不如了。"口里说着，眼睛里禁不起也滚下泪来。②

蒙府本侧批：又是一样哭法，不过是情之所至。——点出薛蟠的"情"。这是薛蟠的"正传"。正是这种品性，才使他荒唐起来更有趣味。类似于漫画式的人格写照，最精彩的一段如下，第二十五回：

> 别人慌张自不必讲，独有薛蟠更比诸人忙到十分

---

① 《红楼梦脂评汇校本》，第 426 页。
② 《红楼梦脂评汇校本》，第 431 页。

去：又恐薛姨妈被人挤到，又恐薛宝钗被人瞧见，又恐香菱被人臊皮——知道贾珍等是在女人身上做功夫的，因此忙的不堪。忽一眼瞥见了林黛玉风流婉转，已酥倒那里。①

每读至此，忍俊不禁。庚辰本侧批也说："好想头，好笔力。《石头记》最得力处在此。"甲戌本侧批：此似唐突颦儿，却是写情字万不能禁止者。——将薛蟠与林黛玉写在一处，真是奇思妙想，但也印证了一件事：薛蟠也沾着个"情"字。

为何同是酒色财气之人，他还要防备贾珍之流呢？说明有一种私心，一个小我，用在自己人身上，会形成保护欲，却也同时是个人性格的终极交代。贾宝玉之"呆"在于其用情之"痴"，刻在真实二字上；薛蟠之"呆"，在于不学无术，"终日惟有斗鸡走马，游山玩水而已"，②流于世俗。这是《红楼梦》惺惺所记之两位呆儿，但都有一份底色在那。

据此，曹雪芹让薛蟠也来发表对于"女儿"的认识。第二十八回贾宝玉的酒令，要说出悲、愁、喜、乐四字，

---

① 《红楼梦脂评汇校本》，第323页。
② 《红楼梦脂评汇校本》，第57页。

三　情天色界两茫茫：其他三位主要男性的性情

还要都说出女儿来,薛蟠在席,他的话足令喷饭。① 甲戌本眉批:此段与《金瓶梅》内西门庆、应伯爵在李桂姐家饮酒一回对看,未知孰家生动活泼?——可见薛蟠确从西门庆等相类人物中化出。——然而,我关心的问题是:何以薛蟠以如此谐趣的方式来唐突"女儿"呢?

"薛公子幼年丧父,寡母又怜他是个独根孤种,未免溺爱纵容,遂致老大无成,且家中有百万之富"②,如此一位纨绔公子,未免像霭理士说的那样:

> 在文明状态中,懒惰、奢侈以及过度的温饱,已经使性欲的发作特别的来得容易,积欲的过程特别来得短促,以致求爱的现象变成一种无关宏旨的勾当。③

在薛蟠的生活里,女子无任何尊贵,只是色相,甚至不用通过求爱的手段来获取。纵使林黛玉在他面前,也无非色相,故脂批说"唐突"。贾宝玉对姐妹闺阁,连同给薛蟠做妾的香菱,都是"厮抬厮敬的"(第七十九回香菱语),而薛蟠只是以性游戏的态度对待她们。没有经过自然的求爱

---

① 参见《红楼梦脂评汇校本》,第365页。
② 《红楼梦脂评汇校本》,第57页。
③ 〔英〕霭理士:《性心理学》,潘光旦译注,第42页。

道光十二年王希廉评本之香菱像

过程的艰辛，不欲给对方好感，就很难理解情之深刻，以至不能摆脱荒唐。康德似乎对这种人格了如指掌：

> 我们自己更经常地就是一种模糊表象的游戏，而且我们的知性即使承认模糊表象是欺骗，也不能使自己摆脱它们的影响把它置入其中的那种荒唐。

三　情天色界两茫茫：其他三位主要男性的性情

性爱就是这样，只要它真正说来所要的不是好感，而是对其对象的享受。①

薛蟠的一言一行都显露出稚童般的游戏个性，因缺乏管束教养，他天性中情欲之健康的部分发展不够完善，虽然他的那个"小我"值得称赞。我在此把他的"小我"称为他的"一己"，这是从潘光旦先生的翻译中摘出来做区分的：

> 弗洛伊德对于欲或 libido 的见解，如果在开始的时候，就采取他后来在1925年出版的《自我与一己》（Das Ich und das Es）一书里的立场……同时却把"自我"和"一己"的关系阐述出来，"一己"所指的我和许多附带的情绪，多少是蒙稚的和不自觉的，而"自我"所指的我，多少是自觉的与理智的，并且是和自我以外的世界更有亲切的反应关系的；自我之我自然是后于一己之我，并且是从一己之我中逐渐蜕变而来，而终于成为一个分立的东西。②

即是说，如贾宝玉对待女儿的真实态度，是有他的"自我"的，是完善的人格显现，而薛蟠现实中虽有一份诚实、个

---

① 〔德〕康德：《实用人类学》，李秋零译，第129页。
② 〔英〕霭理士：《性心理学》，潘光旦译注，第110~111页。

性之"一己",但几乎不自觉、无反思,固定在幼时人格的藩篱内,没能从自身中分离出来。第四十五回脂批评宝钗之文字说道:"不写阿呆兄,已见阿呆兄终日醉饱优游,怒则吼,喜则跃,家务一概无闻之形景毕露矣。"①——画出小儿情态。

## 3. 贾琏之婚姻

对于贾琏的分析会稍显复杂,因为他自来就在婚姻生活中,他的人格与性观念需要在婚姻本质的框架内讨论。"但是吾国古代结婚,是以传宗接代为第一目的,个人只是宗族谱牒的一阶段。个人与谁结婚,不依个人的意思,而以全家幸福为标准。"② 故而,他的性格又与联姻王熙凤,以及整个家族威势等方面的影响有关。

《红楼梦》四大家族中官位最高的是王熙凤父辈的王子腾③,而贾琏的父亲贾赦虽袭了官(第二回),"这个官

---

① 《红楼梦脂评汇校本》,第 544 页。
② 萨孟武:《〈红楼梦〉与中国旧家庭》,第 126 页。
③ 萨孟武:"王家虽未封爵,而传到王子腾时,官位实比三家高些。"(《〈红楼梦〉与中国旧家庭》,第 120 页。)八十回中没有明确证据说王熙凤是王子腾的女儿,王子腾或许是王熙凤的伯、叔辈。

均非职事官,亦非寄禄官,而只是勋爵"①,亦如贵族与行政长官的家族联姻,他们夫妻二人成为年轻辈中的希望,即"一对儿赫赫扬扬,琏二爷凤奶奶"(第七十三回)。"赦、政两房因贾母尚在……虽然'同房各爨','并未分家',然而由贾赦之子贾琏总管家务。"② 贾琏总管荣府外务,王熙凤总管荣府内务。贾珍总领宁府。也就是说,"宁荣两府管理家务的,都是玉字辈的人。此辈距离祖宗创业,已历四代。他们长于官邸之中,入则在丫鬟之手,出则唯幕宾清客"③。《红楼梦》以写内务、女眷为主,故琏、凤身边第一个大丫鬟平儿,也举足轻重。

萨孟武认为:"贾府子弟沉沦富贵,骄佚无忌,由玉字辈管理家务,求其保全先绪,已经不易,更何能望其绍承祖业,大振家声。"④ 书中写贾琏不及熙凤、平儿远矣,其原因大致有三。

A)疏于教育。如萨孟武指出:

> 我研究贾府子弟所以一代不如一代,到了草字

---

① 萨孟武:《〈红楼梦〉与中国旧家庭》,第114页。
② 萨孟武:《〈红楼梦〉与中国旧家庭》,第20~21页。
③ 萨孟武:《〈红楼梦〉与中国旧家庭》,第43页。
④ 萨孟武:《〈红楼梦〉与中国旧家庭》,第43页。

辈，如贾蓉、贾蔷、贾芹等便变成败家之子。考其原因，乃由于贾府不甚注重子弟的教育。①

贾琏也是不喜读书之人，"于世路上好机变言谈去的"（第二回）。

B）曹雪芹说他"欲令智昏"：

> 自古道"欲令智昏"，贾琏只顾贪图二姐美色，听了贾蓉一篇话，遂为计出万全，将现今身上有服，并停妻再娶，严父妒妻种种不妥之处，皆置之度外了。②

为满足私欲，管家之人连家庭、家族都可不顾了。"身上有服""停妻再娶"是古时的两重罪。

C）注重面子上的事，实则没有机谋，如第二十一回蒙府本侧批评他"一片俗气！"凤姐、平儿虽也未读书，但在家庭观念、家族经营之正确性上强过他不少。就连王熙凤也说他："真成了喂不饱的狗……只是可惜这五六品的顶戴给他！"③

---

① 萨孟武：《〈红楼梦〉与中国旧家庭》，第44页。
② 《红楼梦脂评汇校本》，第772页。
③ 《红楼梦脂评汇校本》，第808页。

三 情天色界两茫茫：其他三位主要男性的性情

**光绪二十九年孙温绘本之"俏平儿软语救贾琏"情节**

贾琏的父亲贾赦好货兼好色,将房中一个十七岁的丫鬟名唤秋桐者,赏给贾琏为妾,贾琏与王熙凤说起此事,"未免脸上有些得意之色,骄矜之容"①,萨孟武也认为:"我想贾赦与贾琏,犹如贾珍与贾蓉,名为父子,实则无异酒色朋友。"② 而贾琏与贾珍在一起更是学会淫乱。③ 王熙凤评价贾珍说:"若论亲叔伯弟兄中,他年纪又最大,又居长,不知教导兄弟学好,反引诱兄弟学不长进,担罪名儿,日后闹出事来,他在一边缸沿儿上站着看热闹,真真我要骂也骂不出口来。再者,他那边府里的丑事坏名儿,已经叫人听不上了,必定也叫兄弟学他一样,才好显

---

① 《红楼梦脂评汇校本》,第835页。
② 萨孟武:《〈红楼梦〉与中国旧家庭》,第46页。
③ 参见《〈红楼梦〉与中国旧家庭》,第26页。

不出他的丑来。这是什么作哥哥的道理?"① 第四十五回写贾珍正月十五家宴后,"便邀了贾琏去追欢买笑"②。既然父兄辈皆无担待,贾琏自己又无高蹈,势必俗之又俗。他父亲出于私意,也不待见他。如贾赦在全书中绝少正面讲话,却在第七十五回令人匪夷所思地说世袭的前程跑不了贾环去袭。萨孟武对此看得真切:

> 贾赦是荣府长房,袭了官,赦死,其官应由贾琏袭之。贾琏无子,亦应由贾珠之子贾兰或宝玉袭之,绝轮不到贾环。其所以特别称赞贾环,似是反抗贾母的偏爱,愿把世袭的官让给贾母最厌恶的贾环。③

贾母因为疼爱王熙凤,所以看顾贾琏,当贾琏向鸳鸯借贷,便默许之(第七十四回)。人道是"谁知自娶了他令夫人之后,倒上下无一人不称颂他夫人的,琏爷倒退了一射之地"④。所以说,贾琏也不太被家族看中。

家族事务中,主事人不仅要有其"位",还要得其"势"。贾琏虽血统上自有其位,其势却偏于王熙凤一边。

---

① 《红楼梦脂评汇校本》,第809页。
② 《红楼梦脂评汇校本》,第649页。
③ 萨孟武:《〈红楼梦〉与中国旧家庭》,第64~65页。
④ 《红楼梦脂评汇校本》,第30页。

当然，两人是所谓"亲上作亲"（第二回），自小就相识。第五十四回王熙凤提到贾珍时说："我们还是论哥哥妹妹，从小儿一处淘气了这么大。这几年因做了亲，我如今立了多少规矩了。"① 言下之意是，夫妻妯娌间的规矩是渐成的，他们几个，人性互见，"泼泼撒撒"，更似亲近，非由外铄。所以产生于珍、尤、琏、凤这几位之间的家长里短，你来我去，唇枪舌剑，更无忌惮。贾琏与王熙凤的婚姻是从知根知底上来的。因此，她与贾琏在婚姻中地位比较平等，二人各是重心，在荣府中，男以位为重，女以势为重，维持均态。这对于我们分析婚内的欲望形式更为有利。

张爱玲说："贾珍虽然好色，按照我们的双重标准，如果没有逆伦行为，似不能称'淫'。"② 贾赦贾琏父子之间、贾珍贾琏兄弟之间却为何俱可称"淫"？这个"淫"字里面只有男女，没有伦理，即把所有人都看作色欲对象，而取消了道德人伦的一面。关于生理与道德的关系，霭理士辨析得很清楚：

性关系的中心事实是什么？当然是男女的恋爱，

---

① 《红楼梦脂评汇校本》，第648页。
② 张爱玲：《红楼梦魇》，第86页。

至少也是男女的性欲；性欲或恋爱是极基本的东西，是生理的，要是没有它，男女性的结合便不可能。所以真正的划得清的性道德起码应该拿这一点做一个基础。但是说也奇怪，我们历来所称的"性道德"……居然使人家发生契约的关系……使性欲的倾向永久维持它的方位，不游移，不见异思迁。这种考虑不能说不周详，但若加以推敲，则知它们实在是经济范围以内的东西……广义的经济关系，对于任何健全的性道德系统的演化，原有极重要的影响，这是谁都不可否认的……①

虽然霭理士的原文针对禁欲主义，主张性道德的仲裁应为性生理做一定的让步，但对于破坏了道德的性欲而言，自然也应对它的过分影响进行制约，两者是相辅相成的，这些角度显而易见，但这一段引文中最关键的地方还是点出了性道德的演化是基于"经济"关系而来。

我国古代富家男子有纳妾传统，贾赦、贾珍、贾琏之"淫"的故事都集中在贾琏这个浪荡子与尤二姐、尤三姐、秋桐关系的数回描写之中。如何理解"妾"？如果比较极端

---

① 〔英〕霭理士：《性的教育》，潘光旦译，《潘光旦文集》（第十二卷），第130页。

地说,"妾"即是归给生理上使用的某类财产,当然,这类财产会有一个作用标记,就是传承子嗣。王熙凤因为只生有一女,所以给贾琏留有纳妾的余地,若不然,像她那样善妒,又有手段之人,是可能防止贾琏有纳妾之想的,纵使后来尤二姐、秋桐被他纳为妾,最终也被王熙凤置于死地或令不欢而散。贾琏的纳妾是性生理为之诱因,而传统道德体系为之屏障,在某种程度而言,道德体系为纨绔子弟的性欲活动范围打边护。贾赦贪多务得,姬妾成群,贾珍有侍妾佩凤、偕鸾等,她们却又几乎没有生育,惟贾琏有资格、有名义纳妾、纳宠,却以失败告终。

虽然霭理士曾借社会学家詹姆斯·兴登(James Hinton)的相关研究成果说"他认为在人类婚姻史里,真正的单婚制是从来不曾有过的,又以为在他所认识的西洋社会里,真正笃守一夫一妻标准的男子在数目上等于凤毛麟角,实际上还没有东方的多妻社会里那么多"[1],固可谓人之自然,然而,贾琏失败的原因也在于他的势力、权威都不如父兄那样自主,或可直接看作婚姻之经济关系不雄立,须得依凭王熙凤。王熙凤曾这样反讽说:

---

[1] 〔英〕霭理士:《性心理学》,潘光旦译注,第385~386页。

我们王家可那里来的钱,都是你们贾家赚的。别叫我恶心了。你们看着你们家,什么石崇、邓通!把我王家的地缝子扫一扫,就够你们过一辈子呢。①

"经济"堪为妻妾关系之中项,婚姻若要有意义,必不可缺它。不论古今中外,组构婚姻关系,就必然涉及、涵盖经济问题。经济之样态往往决定婚姻之形态。比如尤氏之于贾珍,她自有才干,不下凤姐,但一味从夫,是由于家庭背景不丰,从尤老娘对贾珍的趋奉之态就可看出。换个角度说,尤氏虽然贵为正室妻子,却与佩凤、偕鸾无异,且未能母以子贵,加之贾珍声色糜烂,等于将妻妾皆当作养在家中的娼门。对此现象,霭理士的观察、批判是很深刻的:

在今日不但娼妓现象,已经成为婚姻制度的风火墙,并且婚姻制度自身也多少有些娼妓制度的意味。假若我们不把婚姻从外面当作一种社会的制度看,而从里面观察它所由成立的动机,可知许多人的婚姻生活与狎妓生活很有几方面相像。……但是从性道德问题的立场来看,这一点却是万分重要。……一个在娼

---

① 《红楼梦脂评汇校本》,第869页。

十五不知愁闲情 春波秋一汀 樯云淡且与汝
勾画侬心诚迹石 今夕是何夕 手携玉女箫声
传情脉脉 花貌玉精神 明月无前身小豆三
五辛空此绮罗人 纷把来同问 幻缘且随芬芳
客好护持韶华偏易彰
题佩凤
孙吴桂

光绪五年改琦《红楼梦图咏》之《题佩凤》诗

业里卖身的女子和一个在婚姻里卖身的女子，根据马饶（Marro）的说法，"不过在价格上和时期的久暂上有些不同罢了"。……不但比较时髦，并且是早就受了宗教与法律的封诰，它究属合乎道德与否，也久已在不论不议之列。只要有了法律与宗教的保障，无论一桩怎样不道德的婚姻也可以不受人家指摘。①

虽然霭理士论述的是当时的英国,但在《红楼梦》创作的历史时期,婚姻以经济为中心的交易屡屡发生,也是因为受到了封建礼法的"封诰",故贾赦可以随意把女儿贾迎春"卖给"孙绍祖,贾母虽不满意,却无奈不能劝。贾赦的正室邢夫人与尤氏一样罪在从夫,但她家比较丰足,如其大手大脚、花钱散漫的胞弟所说:"我便来要钱,也非要的是你贾府的,我邢家家私也就够我花了。"②

贾琏在与多姑娘、鲍二媳妇发生婚外情的时候,无一例外是通过"买春"的手段,即以财货收买对方的意愿。这体现出"经济"这个中项在他的婚恋意识中发挥着核心作用。但并不能因此说他——较之贾赦的淫威,如恐吓鸳鸯的兄嫂(第四十六回),以及贾珍的伪善,如悄探尤二姐、尤三姐(第六十五回)——具有更多的"道德",因为经济作为一种道德的保山,已经先在地帮他们做了抵押,而曹雪芹之所批判的,正是这一点:赦、珍、琏构成的父子、兄弟,皆属一丘之貉,然而也正是他们构成了贾

---

① 〔英〕霭理士:《性的道德》,潘光旦译,《潘光旦文集》(第十二卷),第117~118页。
② 《红楼梦脂评汇校本》,第911页。

三 情天色界两茫茫:其他三位主要男性的性情

氏"家族"。

  这里缺少评价所谓的道德之善恶的标准，直接关乎曹雪芹理想的是人性之真假。从贾家第三代开始，逐渐丧失了关于家族的"责任心"，① 而在以经济构成的婚姻形式的内部及其边缘维持着现实的享乐，所以贾家之败落不可能不从经济之衰败开始，曹雪芹用了大量笔墨写贾府入不敷出，甚至大观园中的女儿们都挺身而出，惟李纨、探春、宝钗马首是瞻，除旧弊、立新规，但亦杯水车薪。经济之破坏致使人心之沦丧，乃至人伦之崩塌。女儿们尚存"责任心"，男人们却加速它的灭亡。霭理士曾言："所谓性道德的中心事实，只能有一个，就是个人的责任心。"②魏宁格也说过这样的话：

  能使人与真实之间保持真正联系的东西，能使人抗拒撒谎的诱惑的东西，必定是某种独立于一切时间之外的东西，必定是某种绝对无法改变的东西。……

---

① 如第二回说贾珍之父贾敬"一味好道，只爱烧丹炼汞，馀者一概不在心上"；"红楼梦十二支曲"之《好事终》，关于秦可卿，写宁府之败的句子"箕裘颓堕皆从敬"，甲戌本侧批：深意，他人不解。——"从敬"的"敬"或当指贾敬。

② 〔英〕霭理士：《性的道德》，潘光旦译，《潘光旦文集》（第十二卷），第167页。

这个根源造就了责任感，无论青年人还是老年人，人人都必须服从这种责任感，都必须用它来约束自己的行为。这种责任感使人们懂得自己是负有责任的人，使人们产生悔过之心并能意识到罪恶，要求人们在永恒的、总是呈现于当前的自我面前，去诘问那些已经过去很久的事情。这种诘问所做出的判断，其精确与全面超过了所有法庭或社会的任何法律。自觉履行这种责任的是个人自己，与一切社会法典几乎毫无关系。①

"责任心"超出了社会规范的范围，故而这段话真是家庭、家族、社会、道德之警钟，故而在魏宁格看来，只有唯一可能的伦理学："真实、纯粹、忠实以及正直，这些性质全都与自我有关。它们造就了唯一可以想象出来的伦理学。"②

曹雪芹从反面描写的男性世界之现实性与魏宁格在这里说出来的唯一伦理学之真实性是同一个东西，曹雪芹其人也一定是一个真实、纯粹、忠实和正直的人。不然，也不会为贾琏这个角色添上几笔对于真实的家庭生活的渴望，写他与尤二姐婚后"不提已往之淫，只取现今之善，

---

① 〔奥〕魏宁格：《性与性格》，肖聿译，第172~173页。
② 〔奥〕魏宁格：《性与性格》，肖聿译，第181页。

便如胶授漆，似水如鱼，一心一计，誓同生死"①——虽然其后有了秋桐，"那贾琏在二姐身上之心也渐渐淡了"②。霭理士研究得出的心理学事实，足可为之辅证：

> 据我们的观察，大多数的人，无论男女，是单婚而兼多恋的。那就是说，他们只愿意有一次永久的婚姻，而同时希望这种婚姻关系并不妨碍他或她对其他一个或多个异性的人发生性的吸引，固然我们也可以感到这种引力和在婚姻以内所经验到的引力在性质上是不一样的，同时他们也会知道，把这种引力多少加以控制，使不至于推车撞壁，也是很可能的事。③

潘光旦先生注曰：

> 霭氏这一部分的见解是很对的，也是最合情理的。他这一段议论教我们很自然地联想到《诗·国风》序言里的几句话："故变风发乎情，止乎礼义；发乎情，民之性也，止乎礼义，先王之泽也。"多恋的倾向，是"发乎情"，是"民之性"，单恋的原则

---

① 《红楼梦脂评汇校本》，第782页。
② 《红楼梦脂评汇校本》，第836页。
③ 〔英〕霭理士：《性心理学》，潘光旦译注，第389页。

和归宿是"止乎礼义",是"先王之泽",先王之泽就是传统的文教的影响。教男女于婚姻之外,对其他异性的人丝毫不发生与不表示爱慕的心思是不可能的;但教他们在表示爱慕的时候,应当有相当的分寸,相当的限度,最好不要到达一个推车撞壁的境界,甚至不要到一个悬崖勒马的地步是可能的。中国的性道德的观念,以至于一般的道德观念,至少在佛家上场以前,是不作诛心之论的。①

这也是曹雪芹并未对贾琏诛心的余地所在:他为荣府办事也是有分寸的,虽然还未达到有责任感的程度。同样,贾琏之买春,也只说明他心里对欲望有分寸,却无法彰明其道德心。

我们看到了《红楼梦》中现实的一面,从贾瑞的迷失、薛蟠的一己,到包含在贾琏婚姻中的家族经济,这些男性欲望的构成形式由简入繁,就像一圈一圈荡开的微澜,外延不断扩张,振幅也随之增大。如果谨守魏宁格伦理学,从自我责任做起,则欲望之渗透不会这样深远,以至被历史进程合理化,或造成父权、男权的极端化。《红

---

① 〔英〕霭理士:《性心理学》,潘光旦译注,第389页。

楼梦》中的其他主要男性都陷入了康德所谓的"自我主义",因此丢失了真实的自我,这是不可挽回的悲剧的内在动因。我之所以说这里关系着一种关于人类生存的"人类学研究",也是从以下这个观察点来的。康德指出:

> 从人开始用"我"来说话的那一天起,只要可以,他就显露出他那心爱的自我,而自我主义就不可阻挡地向前挺进;即便不是公开地(因为有别人的自我主义与它相冲突),也毕竟是隐蔽地,为的是用表面的自我否定和假装地谦虚,来更为可靠地使自己在别人的判断中表现出一种优秀的价值。[1]

这种自我主义在现实中与男性欲望很像;首先它是以自我的喜好为中心而服务的,自我主义就是僭妄;其次,它要"一圈一圈"地挺进,环绕成一个封闭的同心圆结构,并且尽可能波及最远的范围;再者,它是善于隐蔽的,用假装或假的事实来取代真实或真正的价值。贾府的纨绔子弟都虚假地陶醉在一种优越感之中。康德还说:

> 能够与自我主义相抗衡的惟有多元主义,亦即这

---

[1] 〔德〕康德:《实用人类学》,李秋零译,第120页。

样的思维方式：不是把自己当做将整个世界囊括在自己的自我之中的人，而是当做一个纯然的世界公民来看待和对待。属于人类学的就是这些了。①

当然，这是题外话了。我们无法要求贾琏有世界公民的意识。或许只能在家庭或婚姻中这样来要求我们自己。以自我为责任，就是将自我让渡于外。孔子也主张这样杜绝：毋意，毋必，毋固，毋我。② 或许只有贾宝玉心中所存的"女儿"一念，让他极度降低了男子的自我主义。《红楼梦》也被看作伟大的女性主义著作，而我们现在终于可以正式开始谈论其中的女性人格了。

---

① 〔德〕康德：《实用人类学》，李秋零译，第122页。
② 出自《论语·子罕》。

# 四 休将雏凤便轻删

## 王熙凤的人格

《红楼梦》中着墨最多的男性角色是贾宝玉，女性角色是王熙凤。余英时认为"红楼梦的两个世界之间有两个最重要的接笋人物，即宝玉和凤姐"[1]，并谈道："近代红学家大都把凤姐看作反面人物，这自然是有根有据的论断。但是凤姐之为反面人物仅在现实世界中始见其然，在大观园的理想世界中她却不折不扣地是一个正面人物。"[2] 我是将王熙凤看作正面人物的，我的判断源于她的人格的真实性。

## 1. 英雄

　　看官们知道，第五回有关王熙凤的判词有"一从二令三人木，哭向金陵事更哀"一句。甲戌本夹批：拆字法。——即预示她后来被贾琏休掉的命运，人木二字合成"休"字。陈东原在《中国妇女生活史》之"丈夫心理与妻子心理之异样"中说：

---

[1] 余英时：《红楼梦的两个世界》，第130页。
[2] 余英时：《红楼梦的两个世界》，第129页。

男子之自由弃妻，不外三种原因：一、无子；二、色衰爱弛；三、男子富贵，有势者迫之再娶。女子方而所受的痛苦，或怨、或恨、或企夫之矜怜、或怅惘而无归。总都有一点不忍遽舍的表示。从这一点，可以看出女性底"一与之齐、终身不改"的心理。①

"哭向金陵事更哀"的"哭"字确实体现出女性这种不舍的心理。贾琏之休妻，上述三种原因皆可能有。首先是凤姐没能生育儿子，只育有巧姐，她曾怀过男胎，但是因为健康不济而流产——平儿有次劝说王熙凤："况且自己又三灾八难的，好容易怀了一个哥儿，到了六七月还掉了，焉知不是素日操劳太过，气恼伤着的。"② 其次，她在书中初次登场时，"彩绣辉煌，恍若神仙妃子"③，及至病后，"谁知凤姐禀赋血气不足，兼年幼不知保养，平生争强斗智，心力更亏，故虽系小月，竟着实亏虚下来，一月之后，复添了下红之症。他虽不肯说出来，众人看他面目黄瘦，便知失于调养"④，在贾琏眼中，也未免"色衰爱

---

① 陈东原：《中国妇女生活史》，第8页。
② 《红楼梦脂评汇校本》，第730页。
③ 《红楼梦脂评汇校本》，第37页。
④ 《红楼梦脂评汇校本》，第655页。

弛"。再者，贾珍、贾琏因尤二姐一事被王熙凤煞了威风，王熙凤的婆婆邢夫人又素来嫌恶她，他们既富贵、有势，在凤姐"无子"这件事上未免不大做文章，"迫之再娶"。

虽然王夫人是王熙凤的姑妈，但这是从王家谱系来论，两人皆是贾府的媳妇，古代婚姻总以尊男权为主，所以在婚姻关系中，王熙凤处于天然的弱势；即使在王夫人与贾政这对夫妻中，也可看出贾政在男女关系上更亲近其妾室赵姨娘——如第七十二回赵姨娘为其子贾环讨丫鬟彩霞做房中人，贾政对答的话中，有庚辰本夹批："妙文。又写出贾老儿女之情。"——另外写到赵姨娘"打发贾政安歇"等。贾政之疏远王夫人，如第三十三回答挞宝玉，王夫人求情道："今日越发要他死，岂不是有意绝我。"[①]王熙凤因为贾母也宠爱王夫人，故在管家之时因长辈之尊位颇有气势，而一旦邢夫人、赵姨娘等沆瀣一气，贾琏又无意于她，里外勾连，在偏向贾姓家族的婚姻中，势必处于劣势。

陈东原写道：

> 宗法社会中有一最特殊而最不平等的观念，便是

---

① 《红楼梦脂评汇校本》，第414页。

妇人非"子"。子是滋生长养之意,是男子的专称,是能够传宗接代的。妇人,不过伏于人罢了;夫人,不过扶人罢了;人就是第三者,是他人,所以妇人是伏于他人的;夫人是扶助他人的,自己没有独立性。虽然"女子"也称作子,但其用意已和男子之"子"不同。《大戴礼记》说:"女者,如也;子者,孳也;女子者,言如男子之教而长其义理者也:故谓之妇人。"由于这种观念,所以女子无人格,只能依男子而成人格,所谓"阴卑不得自专,就阳而成之"。(《白虎通·嫁娶篇》)女子一生的最高标准,便是嫁人了。①

其至连魏宁格都说过:"从无法追忆的古代开始,中国人就一直认为女人没有灵魂。若问一个中国人有多少个孩子,他会只计算男孩子的数目。如果他只有女儿,他便会回答说自己没有孩子。……东方国家女人的地位低下,还是出于这种观念。"②

如此之观念,是仅因男权之刚性压迫,还是亦因两性权利之社会衍变所导致的压迫?有一种看法出自霭理士,

---

① 陈东原:《中国妇女生活史》,第5~6页。
② 〔奥〕魏宁格:《性与性格》,肖聿译,第212页。

他对这个问题的观察应是合乎人类史的,即在封建时代,不论地域,起初男权的雏形生成于对女子的"保护"心理。他因此考察了阿拉伯人与罗马人的古代制度。中国古代的情形也多少与之相似:

> 法律和习惯一向都假定女子多少得受男子的保护。在后世最较开明的对于女性的理想里,不论其为封建时代的或封建时代以还的,都还可以觉察到此种假定的力量。这样一个假定当然也暗示女子不及男子,女子不能和男子讲平等;但是,在扰攘的封建社会里,这不平等倒也对女子有利。在那时候,男子的刚性的力是左右生活的一大因素,所以为女子的安全计,他应该取得这力的一部分,做她的帮衬。①

在《诗经》中,多首诗都有这么一句:"女子有行,远父母兄弟。"是说女子出嫁后,势单力薄,伶仃无助,所依靠者唯有男人。然而——

> 说到这里,有一点不大受人理会的意思,我们不妨一提。就是,就在女子的权利受压迫、女子的人格

---

① 〔英〕霭理士:《性的道德》,潘光旦译,《潘光旦文集》(第十二卷),第164页。

四　休将雏凤便轻删:王熙凤的人格　　159

被制服的时代里，此种压迫和制服的动机也实在出乎保护女子的一念，有时候一重新的压迫的产生也许就是一种新的权利的取得的标识。仿佛我们把女子深深的禁锢起来，目的原不在剥夺她们的权利，而在保护这种权利，使越发不可剥夺，爱之弥深，于是保护方法的采取，便不觉弥加周密。后世文化生活日趋稳定，女子的境遇不像以前那般危险，这种爱护的动机大家便不再记忆，而社会对于女子和她的权利的多方关切，反变成一种障碍，一种苦难。①

这种衍生出来的对女子的压迫实际是因为男子保护欲过剩，视妻妾如同财产，不宜外泄。② 因之，这种心理虽然产生于女子出嫁之前，亦有成为社会之集体意识的可能。

《红楼梦》中的千金小姐们虽然闺情散漫，在大观园内交游相对自由，但也有上层奶妈们管教，另外有大小执事下层丫鬟，处处以礼约束，就此还嫌纡尊降贵，如王夫人对凤姐言："你这几个姊妹也甚可怜了。也不用远比，只说如今你林妹妹的母亲，未出阁时，是何等的娇生惯

---

① 〔英〕霭理士：《性的道德》，潘光旦译，《潘光旦文集》（第十二卷），第154页。
② 与"慢藏诲盗，冶容诲淫"形成对照，颇具反讽意味。

养,是何等的金尊玉贵,那才像个千金小姐的体统。如今这几个姊妹,不过比人家的丫头略强些罢了。"①庚辰本夹批:所谓"观于海者难为水",俗子谓王夫人不知足,是不可矣。——中国古代富庶之家,确实注重保护女儿,使其知书达理。然而,做女儿时,如珠玉一般,现实中嫁了人,反不能得到保护了,如紫鹃对林黛玉说:"公子王孙虽多,那一个不是三房五妾,今儿朝东,明儿朝西?要一个天仙来,也不过三夜五夕,也丢在脖子后头了,甚至于为妾为丫头反目成仇的。"②可见,那种环境下,如果男人没有责任心,不仅不是女子的保护者,反而成了荼毒女子的人。换言之,对女子保护只是社会或习俗之名义上的事,以此之名剥夺女性自我保存权利之实,使女儿出阁前后的生存境遇顿成天壤之别。如贾迎春初度归宁,说:"乍乍的离了姊妹们,只是眠思梦想。二则还记挂着我的屋子,还得在园里旧房子里住得三五天,死也甘心了。"③就连贾元春身为皇妃,省亲时也哽咽道:"当日既送我到那见不得人的去处,好容易今日回家娘儿们一会,不说说

---

① 《红楼梦脂评汇校本》,第892页。
② 《红楼梦脂评汇校本》,第685页。
③ 《红楼梦脂评汇校本》,第980页。

笑笑，反倒哭起来。一会子我去了，又不知多早晚回来！"① ——己卯本夹批："追魂摄魄。《石头记》摹影传神，全在此等地方，他书中不得有此见识。"

这是何种见识？曹雪芹笔下的女儿与女人之别，实际属于古代婚姻制度的名实之辩，确实是一个大题目，中国古代社会生活的一大极轴。王熙凤既在此中，却又有意识跳出藩篱，故此对她的人格刻画与其他姊妹迥然不同，她并不像陈东原所说的那样，依靠男子而有人格，她自成一格。首要的，最让人醒目的是"自幼假充男儿教养的，学名叫王熙凤"②。甲戌本侧批："奇想奇文。以女子曰'学名'固奇，然此偏有学名的倒不识字，不曰学名者反若假。"学名本应男子所用，这个人物因有学名，显得更真实，而在现实中，所有姊妹里又偏她不识字。

秦可卿托梦给王熙凤，也有这样的话："婶婶，你是个脂粉队内的英雄，连那些束带顶冠的男子也不能过你。"③ 在"英雄"二字旁，庚辰本侧批：称得起。——如《三国志·诸葛亮传》、辛弃疾《永遇乐·京口北固亭

---

① 《红楼梦脂评汇校本》，第223页。
② 《红楼梦脂评汇校本》，第37页。
③ 《红楼梦脂评汇校本》，第157页。

怀古》，或薛宝钗曾评论过的《虎囊弹·山门》之【寄生草】一支曲中都有"英雄"这个词，虽无法确定它自何时出现在汉语中，但这些出现"英雄"的地方，都系用它指男性。秦可卿用"英雄"来形容王熙凤，还指出此"英雄"的意思是超过所有男人。平心而论，王熙凤这个女性形象在能力上确实超过《红楼梦》中所有男性。

我将遵循德国哲学家舍勒《楷模与领袖》一文中"英雄"一节的论证顺序剖解王熙凤的人格，证明她之为"脂粉英雄"的原因所在。

A）首先，英雄一定在生存之逆境中，并非享受型人格，他具有某种理念或德性，从而有能力去扩展价值。

舍勒言道："我们在客观的价值等级序列之内将'英雄'理念归于生存价值或者生命价值之中。"[1] 王熙凤的生命价值是什么呢？她没读过书，但大体识礼，既然嫁到贾家，又做管理家务的主子，所以在所谓"面子"上维持贾府尊严，她是能做到心中有数的。看官均知，王熙凤管家时用小姐丫鬟们的月钱放账盈利，当然不免"中饱私囊"之消。萨孟武指出：

---

[1] 〔德〕马克思·舍勒：《世界观与政治领袖》，曹卫东等译，北京师范大学出版社，2014，第148页。

> 大家庭而未分家……其尤弊者，财产既然不是个人私有而是全家公有，那么，有权势的就可以从中舞弊，将公产变为私财，凤姐的作风就是如此。①

而王熙凤自己的话中露出几分无奈：

> 我也是一场痴心白使了。我真个的还等钱作什么，不过为的是日用出的多，进的少。……如今倒落了个放账破落户的名儿。②

所谓"痴心"，是正心诚意被外人看歪了，自己回过头来回味，倒有落寞之感。这份痴心映在她做的一个梦里：

> 昨儿晚上忽然做了一个梦，说来也可笑，梦见一个人，虽然面善，却又不知名姓，找我。问他作什么，他说娘娘打发他来要一百匹锦。我问他是那一位娘娘，他说的又不是咱们家的娘娘。我就不肯给他，他就上来夺。正夺着，就醒了。③

若说这份"痴心"只是白日里惯常操持之心，或者有自

---

① 萨孟武：《〈红楼梦〉与中国旧家庭》，第23页。
② 《红楼梦脂评汇校本》，第871页。
③ 《红楼梦脂评汇校本》，第871页。

欺欺人的可能，然而，就连睡梦中也同样操着这份痴心，则无疑是她最真实的念头了。她曾对平儿说道：

> 你知道，我这几年生了多少俭省的法子，一家子大约也没个不背地里恨我的。我如今也是骑上老虎了。虽然看破些，无奈一时也难宽放；二则家里出去的多，进来的少。凡百大小事仍是照着老祖宗手里的规矩，却一年进的产业又不及先时。多省俭了，外人又笑话，老太太、太太也受委屈，家下人也抱怨刻薄；若不趁早儿料理俭省之计，再几年就都赔尽了。①

在王熙凤的观念中，比钱更重要的是贾府声誉，贵族家族生存之根本，是他们的生存价值。她在逆境中扩展着这种价值。

B）舍勒提到：

> 我们将生命的发展价值置于我们称作"高贵"典型的要义之下。高贵与卑下是一般生物学的对立现象。"贵族"就其含义而言，是一个群体中之最强大

---

① 《红楼梦脂评汇校本》，第663页。

的"发展力量"和最完美的血统遗传价值的占有者。①

西方所用"英雄"这个词的语义是从古希腊神话来的，古希腊的任一英雄都会将血统追溯至神，故英雄也有"半神"之称。汉语中的英雄概念虽与此无涉，但其内涵具有高贵性这一点是毋庸置疑的。置言之，英雄在其高贵性方面与贵族相似，这种高贵性往往是由血统或者生理基础体现的。如果从女性身上去看这种高贵性，我认为应该用"矜贵"这个概念。

且看刘姥姥一进荣国府，她的眼睛所见的王熙凤的"矜贵"。未见之先：

> 刘姥姥屏声侧耳默候。只听远远有人笑声，约有一二十妇人，衣裙悉率，渐入堂屋，往那边屋内去了。又见两三个妇人，都捧着大漆捧盒，进这东边来等候。听见那边说了一声"摆饭"，渐渐人才都散出，只有伺候端菜的几个人。半日鸦雀不闻之后，忽见二个人抬了一张炕桌来，放在这边炕上，桌上碗盘

---

① 〔德〕马克思·舍勒：《世界观与政治领袖》，曹卫东等译，第149~150页。

森列,仍是满满的鱼肉在内,不过略动了几样。①

既见之时:

> 平儿站在炕沿边,捧着一个小小的填漆茶盘,盘内一小盖钟。凤姐儿也不接茶,也不抬头,只管拨手炉内的灰,慢慢地问道:"怎么还不请进来?"②

进餐、用茶都是基于身体的事情,富贵原本不在钱,而在于在殷实的背景之前显出来这种高贵的品味。甲戌本侧批:此等笔墨,真可谓追魂摄魄。

C)"'英雄'是一种人性的、半神性的或者神性的理想位格类型……他以自己的在之中心而向着高尚者与高尚者之实现——即'纯然的'、非技术性生存价值之实现,其基本美德是身体与灵魂与生俱来的高贵和与之相应的高尚思想。"③ 这就是说,不仅身体是高贵的、矜贵的,思想也应该是高尚的。英雄不必去特别地实现生存条件,而是围绕着自身的价值展开其余价值。

---

① 《红楼梦脂评汇校本》,第86页。
② 《红楼梦脂评汇校本》,第87页。
③ 〔德〕马克思·舍勒:《世界观与政治领袖》,曹卫东等译,第150页。

乾隆五十六年活字本绣像之王熙凤像

余英时认为：

> 凤姐虽身住现实世界，她在精神上的认同则毫无可疑地在大观园之内。首先是她的活动，除了大观园建造之前"协理宁国府"一段外，几乎全集中在大观园之内的。而且后来"抄检大观园"时，她处处

流露着维护大观园中人物的意思。①

前面说过，男人都无法给女儿们做保护人，纵使贾宝玉有一关于清净女儿世界的理念，他也束手无策，而王熙凤虽然也无法违拗王夫人，参与了"抄检大观园"，但她却是她们的维护者。比如第七十四回王夫人在王善保家的面前斥责晴雯后，"凤姐见王夫人盛怒之际，又因王善保家的是邢夫人的耳目，常调唆邢夫人生事，纵有千百样言词，此刻也不敢说，只低头答应着"②。诸位看官阅至此处，不免悔恨之共情。设若邢夫人的耳目不在跟前，又或者不是当晚即刻抄捡，如果凤姐有机会当场为晴雯说两句话，四两拨千斤，必定能救得晴雯的性命。她待宝玉、小姐们的心思更是纯然，如第五十二回，薛姨妈、李婶、尤氏等长辈、妯娌一齐交口称赞："真个少有。别人不过是礼上面子情儿，实在他是真疼小叔子小姑子。就是老太太跟前，也是真孝顺。"③

维护者可能不如保护人那样具有权威，但至少有高尚的心灵，王熙凤是站在大观园一边的。大观园中最清净的

---

① 余英时：《红楼梦的两个世界》，第122页。
② 《红楼梦脂评汇校本》，第895页。
③ 《红楼梦脂评汇校本》，第619页。

四　休将雏凤便轻删：王熙凤的人格

事就是女儿们的诗社,诗社成立之后,她们邀凤姐入社,做"监社御史"。凤姐不识字,哪里会作诗?她利用自己管家主子的身份,支持她们说:"我不入社花几个钱,不成了大观园的反叛了,还想在这里吃饭不成?明儿一早就到任,下马拜了印,先放下五十两银子给你们慢慢作会社东道。过后几天,我又不作诗作文,只不过是个俗人罢了。'监察'也罢,不'监察'也罢,有了钱了,你们还撑出我来!"[1]——同回中李纨说凤姐"真真你是个水晶心肝玻璃人儿",这就是王熙凤的高尚之处,她的理想位格是极具人性化的,她具有相应的高贵思想。

贾宝玉作有一首古风《姽婳词》,虚拟恒王麾下林四娘殒身酬王的故事(第七十八回)。我每读至此,还是想起王熙凤,她虽不动干戈,但实为贾宝玉之护法。

D)舍勒还讲到英雄"面对其本能生命表现出过量的'精神意志'及其过量的集中、恒久、肯定"[2]。

王熙凤"协理宁国府",协办秦可卿丧事,是她一生主持的第一件大事,固然劳累,每日寅正(即如今的凌晨

---

[1] 《红楼梦脂评汇校本》,第541页。
[2] 〔德〕马克思·舍勒:《世界观与政治领袖》,曹卫东等译,第150~151页。

四点钟）起床梳洗，卯正二刻（即如今清晨六点半）必入宁府办事，戌初（即今晚间七点）开始亲查上夜情况，每天工作超过十四个小时。可见她的精神意志优于常人，恣意挥洒。故而曹雪芹说凤姐"也不把众人放在眼内，挥霍指示，任其所为，目若无人"[①]。

光绪二十九年孙温绘本之王熙凤治家场景

用舍勒接下来的一段话来描绘王熙凤的这个侧面则非

---

[①] 《红楼梦脂评汇校本》，第174页。

常合适：

> 英雄是意志人（Willensmensch），这同时意味着：权力人（Machtmensch）。一个英雄灵魂可以寓于任何一副柔弱的身体之中；但它不能与软弱的生命力联系在一起。可以说生命活力、强大、刚烈、力量、内涵丰盈以及生命本能生存之内在的、已具自动机制的秩序属于英雄的本质。①

而这种英雄本质在宁府的下人们看来却是"那是个有名的烈货，脸酸心硬，一时恼了不认人的"②，就如同野鸡、豺狼看待老虎、狮子。

E）舍勒提醒人们：

> 在英雄面前，世界首先是作为对抗体，即作为实在的世界出现的。他是现实的人（Wirkeichkeilsmensch），这就是说，他是将天才仅仅片面地看见

---

① 〔德〕马克思·舍勒：《世界观与政治领袖》，曹卫东等译，第151页。
② 《红楼梦脂评汇校本》，第167页。

的"观念"引入世界之具体的材料之中的人,① 但为此必然始终有一个更高的精神文化和一种宗教意识支持他,如果不使他成为盲动者的话。他作为伟大的现实的人,即实践者而系身于这个唯一的、偶然的世界。②

王熙凤身处的那个世界就是一个对抗的世界,她所遭遇的困难比生存在大观园中的女儿们不啻百倍,部分原因是她已是个"女人",但又是一位大写的"女人",一位超过现实中男人们的"脂粉英雄"。

贾琏的小厮兴儿说她:"如今合家大小除了老太太、太太两个人,没有不恨他的,只不过面子情儿怕他。皆因他一时看的人都不及他,只一味哄着老太太、太太两个人喜欢。他说一是一,说二是二,没人敢拦他。"③ 而凤姐的心腹平儿,也这样饬责其他管家奶奶:"二奶奶若是略差一点儿的,早被你们这些奶奶治倒了。饶这么着,得一

---

① 在舍勒看来,每一种创造性的观念都是由"天才"通过思想引入世界的,而英雄将这些观念实现出来。
② 〔德〕马克思·舍勒:《世界观与政治领袖》,曹卫东等译,第152页。
③ 《红楼梦脂评汇校本》,第783页。

点空儿，还要难他一难，好几次没落了你们的口声。"① 可见，英雄人格在现实中做事之难。

凤姐做事确有一个"更高的精神文化"做支撑。针对家族流弊，心若明镜，如协理宁国府时的检讨：

> 这里凤姐儿来至三间一所抱厦内坐了，因想：头一件是人口混杂，遗失东西；第二件，事无专执，临期推委；第三件，需用过费，滥支冒领；第四件，任无大小，苦乐不均；第五件，家人豪纵，有脸者不服钤束，无脸者不能上进。②

戚序本夹批：五件事若能如法整理得当，岂独家庭，国家天下治之不难。——故曹雪芹赞道："金紫万千谁治国，裙钗一二可齐家。"③ 从齐家到治国，王熙凤的形象可以说是"伟大的现实的人"，她的举措都着眼于实际并且公正。

舍勒继续论证道：

> 大胆、勇敢、果敢、神志清醒、决断力、爱斗

---

① 《红楼梦脂评汇校本》，第662页。
② 《红楼梦脂评汇校本》，第165页。
③ 《红楼梦脂评汇校本》，第165页。

争、好冒险等特点将英雄与胆小怕事、务求万全的人区别开来。他同样具有隐忍力和耐性……而不论为了什么……重体态之美和外观，在游戏、舞蹈和举止中的翩然风度、干练而又毫无虚饰、呆板的动作、精明能干都是英雄所特有的。①

我在此不再多费笔墨引用《红楼梦》中的相关章节了，明眼的读者可以看出，这些英雄特质在王熙凤身上均有体现。如隐忍力可参见第五十五回"也该抽头退步"等语；翩然风度可参见第六十八回拜谒尤二姐等事。

F）最后，我将谈论英雄对性和后嗣的态度。所喜的是，正是舍勒没有忘记谈论这一点：

> 他在感情上疏远平庸……并能够控制性爱的本能冲动。②

《红楼梦》中对王熙凤性爱活动的描写仅有两处，并都极隐晦。第一次在第七回，周瑞家的给凤姐送宫花：

---

① 〔德〕马克思·舍勒：《世界观与政治领袖》，曹卫东等译，第152页。
② 〔德〕马克思·舍勒：《世界观与政治领袖》，曹卫东等译，第152～153页。

周瑞家的悄问奶子道:"奶奶睡中觉呢?也该请醒了。"奶子摇头儿。正问着,只听那边一阵笑声,却有贾琏的声音。接着房门响处,平儿拿着大铜盆出来,叫丰儿舀水进去。①

甲戌本夹批:

阿凤之为人,岂有不着意"风月"二字之理哉?若直以明笔写之,不但唐突阿凤声价,亦且无妙文可赏。若不写之,又万万不可。故只用"柳藏鹦鹉语方知"之法,略一皴染,不独文字有隐微,亦且不至污渎阿凤之英风俊骨。

另一处风月之文在第二十三回:

贾琏道:"果然这样也罢了。只是昨儿晚上,我不过是要改个样儿,你就扭手扭脚的。"凤姐儿听了,"嗤"的一声笑了,向贾琏啐了一口,低下头便吃饭。②

虽然是夫妻日常体己话儿,看得出凤姐儿一来有大家闺秀

---

① 《红楼梦脂评汇校本》,第97页。
② 《红楼梦脂评汇校本》,第291页。

的矜持风范，一来也小瞧贾琏之轻浮。

舍勒还点出英雄——

> 他不仅决定着自己的真正儿女，而且参与决定着其他一切人的儿女之如此在，即被视为美的东西。①

这话说得多么好啊！对应着王熙凤来看，正好证明她是这样的英雄。她评价赵姨娘的一双儿女贾探春与贾环说道：

> 倒只剩了三姑娘一个，心里嘴里都也来的，又是咱家的正人，太太又疼他，虽然面上淡淡的，皆因是赵姨娘那老东西闹的，心里却是和宝玉一样呢。比不得环儿，实在令人难疼，要依我的性早撵出去了。如今他②既有这个主意，正该和他协同，大家做个膀臂，我也不孤不独了。③

学者们考据巧姐如何入得"金陵十二钗正册"难有结果，皆因抄本中她还未长大，传记太少，只有王熙凤和刘姥姥结下的恩情为引，即判词中"偶因济刘氏，巧得遇恩人"

---

① 〔德〕马克思·舍勒：《世界观与政治领袖》，曹卫东等译，第153页。
② 指探春。
③ 《红楼梦脂评汇校本》，第664页。

一句。其实,哲学家舍勒的话恰恰提醒我们,无论后嗣是男是女,像王熙凤这种英雄人格的人,一定在心中把这个孩子看作"美"的事物,就像她评价探春那样,所以,巧姐将来在其母亲的关怀下成长为一位像探春一样的贤德之辈,兼有才干,是不足为奇的。

程高本围绕王熙凤和贾蓉的关系多次做了文字篡改,以至让凤姐犯"淫"字。[①] 王熙凤身处那个"对抗的世界",真可谓书里书外,连续书人都不肯放过她。续书者同时也玷污了曹雪芹的真情,他们不懂曹雪芹创作的哲学高度,有些"蜩与学鸠"[②] 的酸腐味道。

读者请思:为何不同时代的中国文学巨匠与德国哲学家在描画和界定"英雄"上竟如此一致?难道不是因为人格之高度?难道不是因为现实中就有这样的人格存在?

## 2. 母性

拥有英雄人格的王熙凤没能做到如《女史箴》中所记载的"妇德尚柔,含章贞吉。婉嫕淑慎,正位居室。施

---

① 参见宋淇《红楼梦识小》之"王熙凤与贾蓉"一节,《红楼梦识要——宋淇红学论集》,第354页以降。

② 语出《庄子·逍遥游》。

衿结褵，虔恭中馈。肃慎尔仪，式瞻清懿"①，但并不能因此否定她女性的品性。

魏宁格将女性区分为两极，即母亲型与妓女型。这就如同把男女分作两极一样，指的是女人性格中的两个端点。他指出："另一个类型处在与母性截然相对立的极端，那就是妓女型的女人。这两者之间的对立丝毫不亚于男人与女人之间的对立。"② 这并非危言耸听之论，霭理士的书中所引用同行的研究成果也表明了这一点：

> 苏联的勃朗斯基（Blonsky）讨论到女子可以分做主要的两类（……），他分别叫做单男型（monandric）和多男型（polyandric），前者只和一个男子发生严格的性关系，而后者则倾向于和许多男子发生性

---

① 西晋张华《女史箴》规定了古代妇女的行为仪表规范，此处引用的这几句，陈延嘉白话译文如下："妇人之德崇尚柔顺，内含美德，居于正位，就会吉利。柔顺而恭慎，在家内处于正当的地位。当母亲送女儿出嫁，为女儿系上佩巾之时，是希望女儿到夫家后，能虔诚恭顺地操持家务，尽妻子的责任。必须注意你的仪表，应该学习前代的典范。"（参见《昭明文选》第六卷，阴法鲁审订，吉林文史出版社，1994，第324、329页。）在尤二姐故事中，王熙凤要谋害打死的那人也叫张华，一笑！

② 〔奥〕魏宁格：《性与性格》，肖聿译，第240页。

关系，或在同时期内发生，或更迭地在不同时期内发生；这两个主要的型式之间，当然还有不少居间的类群。勃氏发现单男型的女子，无论从个人的立场或社会的立场看，都要比多男型的女子高出一等；多男型的女子是比较自私的、独断的、逞能的，而神经也比较特别容易受刺激。至于单男型的女子则比较更富有责任心，神经比较稳称，有更大的组织能力，在社会与人事关系上，也比较易于成功；在数量上，单男型的女子要比多男型的多出一倍。①

《红楼梦》中很少存在多男型的女人，戏份较多的就是前文提及的"多姑娘"，这也是为何多姑娘这个角色偏偏在贾琏的生活中出现，因为她与王熙凤形成了人格对峙。王熙凤属于或偏向于母亲型人格。曹雪芹对此写得很细。为巧姐取名时——

> 刘姥姥忙笑道："……姑奶奶定要依我这名字，他必长命百岁。日后大了，各人成家立业，或一时有不遂心的事，必然是遇难成祥，逢凶化吉，却从这'巧'字上来。"

---

① 〔英〕霭理士：《性心理学》，潘光旦译注，第390页。

> 凤姐儿听了，自是欢喜，忙道谢，又笑道："只保佑他应了你的话就好了。"①

另有一处，第六十七回，袭人探望王熙凤，见床沿上放着女红之物，内装一个小肚兜——

> 凤姐说："我本来就不会作什么，如今病了才好，又兼着家务事闹个不清，那里还有工夫做这些呢？要紧要紧的我都丢开了。这是我往老太太屋里请安去，正遇见薛姨太太送老太太这个锦，老太太说：'这个花红柳绿的，倒对给小孩子们做小衣小裳儿的，穿着倒好顽呢！'因此我就问老祖宗讨了来了。还惹得老祖宗说了好些顽话，说我是老太太的命中小人，见了什么要什么，见了什么拿什么。惹得众人都笑了。你是知道我是脸皮儿厚、不怕说的人，老祖宗只管说，我只管装听不见，拿着就走。所以才交给平儿，先给巧姐儿做件小兜肚穿着顽，剩下的等消闲有工夫再作别的。"②

这一段虽然啰嗦，有些抄本完全删掉了，但其旁逸斜出，

---

① 《红楼梦脂评汇校本》，第508页。
② 此回诸本异文较多，今引用列藏本。《红楼梦脂评汇校本》，第806页。

对描绘王熙凤的母性人格极为有利。曹雪芹写林黛玉、[1]薛宝钗、[2]贾探春、[3]袭人、[4]晴雯[5]等都不忘描写女红，写得人人不同，色色各异，岂独王熙凤无此等文字？故而我把这段看作极重要。在袭人眼中，王熙凤怎能有意做这些平常女红呢？所以这段话中带有某些不好意思、强为解释的语气，纵使语赘，也属闺中实情。

魏宁格说："母亲体现着人类的生存意志"[6]，"母性型女人的目标很容易理解；她是人类的维护者"[7]，"母亲与子女之间存在着一条牢不可破的血肉纽带，如同孩子出生前那条将两者连接起来的脐带一样。这就是母亲与子女关系的真正本质"[8]。这些话都没错，但是说"母亲对孩子的爱绝不会因孩子而异，单凭'那是她的孩子'这一点就足够了"[9]却值得商榷，尤其是当孩子也有男、女之

---

[1] 第二十九回。
[2] 第四十五回。
[3] 第二十七回。
[4] 第三十六回。
[5] 第五十二回。
[6] 〔奥〕魏宁格：《性与性格》，肖聿译，第249页。
[7] 〔奥〕魏宁格：《性与性格》，肖聿译，第256页。
[8] 〔奥〕魏宁格：《性与性格》，肖聿译，第250页。
[9] 〔奥〕魏宁格：《性与性格》，肖聿译，第250页。

> 倜傥风流四座惊，金闺独许占芳名
> 惯博诸郎粲戏绿，常怡大母情不避
> 嫌疑原概略便招猜忌只聪明儓奴中
> 酒真狂瘦百犬何劳更吠声武念祖

**改琦《红楼梦图咏》配诗对王熙凤的描写**

别时，在《红楼梦》的世界里，这个前提很关键。我们不妨比较一下赵姨娘与王熙凤。

赵姨娘为何每每寻衅滋事，飞扬跋扈？亲生女儿探春问她："你瞧周姨娘，怎不见人欺他，他也不寻人去。"①

---

① 《红楼梦脂评汇校本》，第716页。

四　休将雏凤便轻删：王熙凤的人格

周姨娘也是贾政妾室，但未生育。赵姨娘的心思都在贾环身上，她曾对探春说过："我这屋里熬油似的熬了这么大年纪，又有你和你兄弟……"① 并且还托马道婆施蛊，设计害死贾宝玉与王熙凤："你若果然法子灵验，把他两个绝了，明日这家私不怕不是我环儿的。"② 可见，正是因为生了儿子，才如此气壮。其实，在她心里，对探春这个女儿也未见得喜欢。

法国哲学家西蒙娜·德·波伏娃（Simone de Beauvoir）对母亲养育儿子的心理，分析得更透彻，她写道：

> 根据孩子是男孩还是女孩，情况有所不同；虽然前者更"难弄"，母亲一般能与之协调。由于女人给予男人的威望，也由于男人具体掌握的特权，许多女人希望有儿子。她们说："生下一个男人多么好啊！"我们已经看到，她们梦想生下一个"英雄"，而英雄显然是男性。儿子会成为领袖、引导者、士兵、创造者；他会把自己的意志强加在世界上，他的母亲将分享他的不朽；她没有建成的房子，她没有开拓的地方，她没有读过的书籍，他都会给她。通过他，她将

---

① 《红楼梦脂评汇校本》，第658页。
② 《红楼梦脂评汇校本》，第320页。

拥有世界,但条件是她要掌握她的儿子。由此产生了她的态度的悖论。弗洛伊德认为,母子关系是遇到情感矛盾最少的关系,但实际上,在母性中就像在婚姻中和爱情中,女人对男性的超越性有一种模棱两可的态度;如果夫妻生活或者爱情生活使她敌视男人,对她来说,支配还只是孩子的男性将是一种满足;她会带着讽刺的亲切态度对待自命不凡的男性,有时她会吓唬孩子,向他表示,如果他不乖,就会丢掉他的性器官。即使她更谦卑,更平和,她在儿子身上尊重的是未来的英雄,为了让他真正属于她,她竭力把他压缩到他内在的现实中……①

赵姨娘把贾环视作将来占取家族财产的手段,所以视儿子亦为己有,就是出于这种心理;并且多多少少也有恐吓贾环,即指责他没有男子气概的说辞。在第六十回,芳官用一包茉莉粉替代蔷薇硝递与贾环,贾环不识,当作宝贝。

　　赵姨娘……又指贾环道:"呸!你这下流没刚性

---

① 〔法〕西蒙娜·德·波伏娃:《第二性》,郑克鲁译,上海译文出版社,2015,第690~691页。

的，也只好受这些毛崽子的气！平白我说你一句儿，或无心中错拿了一件东西给你，你倒会扭头暴筋瞪着眼蹬摔娘。这会子被那起屄崽子耍弄也罢了。你明儿还想这些家里人怕你呢。你没有屄本事，我也替你羞。"贾环听了，不免又愧又急，又不敢去，只摔手说道："你这么会说，你又不敢去，指使了我去闹。倘或往学里告去捱了打，你敢自不疼呢？遭遭儿调唆了我闹去，闹出了事来，我捱了打骂，你一般也低了头。这会子又调唆我和毛丫头们去闹。你不怕三姐姐，你敢去，我就伏你。"只这一句话，便戳了他娘的肺，便喊说："我肠子爬出来的，我再怕不成！这屋里越发有的说了。"一面说，一面拿了那包子，便飞也似往园中去。①

"没刚性的""没有屄本事"都是侮辱贾环的男性属性，使贾环"又愧又急"。如此教育儿子，怎能说是出于骨肉之亲呢？只能说是要求儿子满足自己当母亲的心理自负感。

赵姨娘为何痛恨王熙凤？当然部分在于她所说"这

---

① 《红楼梦脂评汇校本》，第713页。

一份家私要不教他搬送了娘家去，我就不是个人"①，即认为王熙凤侵占了也许将来属于贾环的财产。再者，她心理上也为自己生了儿子，而王熙凤没能为贾家留后而自大。她对马道婆说："我只不服这个主儿。"② 何来"不服"？——王熙凤看不起赵姨娘，因为赵姨娘是奴才；贾环应如探春一样，自视为王夫人的孩子，然而，探春亲近王夫人，而贾环却不，其原因就在于赵姨娘对儿子占有过甚。赵姨娘"不服"王熙凤，自然有自恃高一层的心理，这层心理不应出自她比王熙凤长一辈，两者身份背景毕竟不同，有主奴之别；故除了生育男丁，很难再看出其他原因。若巧姐是男孩，王夫人与王熙凤明面儿上管理家务，姑侄二人又有宝玉、巧哥（刘姥姥起名字时，就把巧姐唤作"巧哥儿"）做背后靠山，坐稳天下，赵姨娘不至于如此心急地想害死王熙凤。她之所以要害死宝玉，也是出于同样的心理，即贾政子辈只剩下贾环一个男孩。《金瓶梅》中潘金莲害死李瓶儿的儿子，即出于类似的恶。学者们容易做比较潘金莲与王熙凤之性格的题目，却往往忽略了两者心理的实际差异。赵姨娘的恶与潘金莲相似，王熙

---

① 《红楼梦脂评汇校本》，第319页。
② 《红楼梦脂评汇校本》，第319页。

凤的"恶"属于另一层面，详见后文。总之，赵姨娘对财产的态度是表面上无缘由的欲求，她或许"贪"，但其占有欲的深层原因还在于执着于生男的事实，即现实中一种"舍我其谁"的自负感，这才是她由以凭据的，可以因此作践人，可以卑劣，可以"鄙"。探春深知此情：

> 太太满心疼我，因姨娘每每生事，几次寒心。我但凡是个男人，可以出得去，我必早走了，立一番事业，那时自有我一番道理。偏我是女孩儿家，一句多话也没有我乱说的。太太满心里都知道。如今因看重我，才叫我照管家务，还没有做一件好事，姨娘倒先来作践我。①

试问：探春为什么自恨不是男人？贾环是个男人，他为什么不出去到外面世界走？赵姨娘何以袒护儿子、作践女儿？此皆心理之"鄙"所造成。

波伏娃对女性孕育女孩的部分心理描绘适用于解释王熙凤：

> 有些女人相当满意她们的生活，希望在女儿身上

---

① 《红楼梦脂评汇校本》，第658页。

道光二十一年费丹旭《十二金钗图册》之探春

重现自己，或者至少毫不失望地接受她；她们想给孩子自己有过的机会，以及不曾有过的机会，她们将为她造就一个幸福的青年时代。①

但是书中并没有王熙凤教女的文字，何以能够这么说？《红楼梦》有一段难得的描写，透露了王熙凤对教育女儿所持的态度。第二十七回，她临时交代贾宝玉院里的丫鬟红玉做事，红玉完成得非常妥帖。

---

① 〔法〕西蒙娜·德·波伏娃：《第二性》，郑克鲁译，第691页。

（王熙凤）说着又向红玉笑道："好孩子，倒难为你说的齐全。别像他们扭扭捏捏蚊子似的。嫂子不知道，如今除了我随手使的这几个人之外，我就怕和别人说话。他们必定把一句话拉长了作两三截儿，咬文咬字，拿着腔，哼哼唧唧的，急的我冒火。先时我们平儿也这么着，我就问着他：必定装蚊子哼哼，难道就是美人了？说了几遭才好些了。"李宫裁笑道："都像你破落户才好。"凤姐又道："这个丫头就好。方才说话虽不多，听那口气就简断。"说着又向红玉笑道："你明儿伏侍我去罢。我认你作女儿，我再调理调理，你就出息了。"①

这段话流露出王熙凤的母性，多少出于爱才、惜才的心理，至于自己亲生的女儿，自然更会严加教导。这与赵姨娘护子的心理形成极大反差，赵姨娘嗔其子"无刚性"，王熙凤赞红玉"简断"，虽然都是从某种男性属性的气质来做论断，但两者的目的完全不同。赵姨娘在于维护男权，灌输男权，即如阿德勒所谈：

　　男性在童年期就被灌输男性有更高的社会价值，

---

① 《红楼梦脂评汇校本》，第348页。

需要扮演更重要的社会角色的观念。他们将男权视为一种内在责任,并且只关注自己独自应对生活和社会的挑战,以及有利于男性的特权。①

反之,王熙凤的言行或许会带来的效果却在于:

> 从心理发展的角度看,那些证明女性天生具有劣势的性格特征也毫无根据。……我们应该坚守底线,不用性别或是某些性格特征给儿童贴上"无能"的标签。因为,在社会发展进程中,给女孩贴标签屡见不鲜。如果能解开性别观念的禁锢,一些被认为"没有天赋"的儿童也许会表现出惊人的才能。②

王熙凤就是要撕掉古代社会给女人贴的"美人"标签,而在尊重后辈个性发展的历程中,帮助挖掘她们的天赋。

## 3. 恶

以上两节的论证对于某些观点而言似乎"太过正面"

---

① 〔奥〕阿尔弗雷德·阿德勒:《理解人性》,李欢欢译,第84页。
② 〔奥〕阿尔弗雷德·阿德勒:《理解人性》,李欢欢译,第88页。

了,王熙凤除了害死尤二姐,还做过"伤天害理"的事,即第十五回在馒头庵受尼姑之贿,不意害死了一双官宦人家的多情儿女。甲戌本一句侧批:总写阿凤聪明中的痴人。——这竟不是"痴",甚至是"恶",我们应该怎么看呢?

张爱玲曾提醒看官"书中的老尼都不是好人"[1],凤姐对馒头庵的老尼说:"你是素日知道我的,从来不信什么阴司地狱报应的,凭是什么事,我要说行就行。"[2] 只这句话就超越了当时社会信仰的善恶层面,再次证明王熙凤是"意志人"。

舍勒在《论悲剧性现象》一文中点破一个事实:

> 英雄依稀感到,在他可能的选择范围之内,无论是行是止,都将是"有罪的";他无法逃脱某一罪责,既使选择相对来说"最好"的内容也难免落入其中。[3]

换句话说,英雄人格依稀明白自己不管如何选择,在时代

---

[1] 张爱玲:《红楼梦魇》,第188页。
[2] 《红楼梦脂评汇校本》,第183页。
[3] 〔德〕马克思·舍勒:《哲学人类学》,魏育青、罗悌伦等译,北京师范大学出版社,2014,第126页。

的道德里，他们都会是"有罪"的，在他或她选择的范围内，所带来的道德危害与其自身人格的"高贵性"是一致的，亦即与其才能是一致的。《红楼梦》中除了王熙凤，另有一位这样的人物，就是贾雨村，他们被脂砚斋称为"奸雄"，如第十六回甲戌本夹批：阿凤心机胆量，真与雨村是一对乱世之奸雄。

从英雄到奸雄，一字之差，道尽世间苍凉。我们不妨比附王熙凤这件伤天害理之事与贾雨村判断葫芦案的相似之处。两件事的起因皆是"做人情"。官宦之家托老尼做人情，门子对贾雨村也说："小的闻得老爷补升此任，亦系贾府、王府之力……老爷何不顺水行舟，做个整人情，将此案了结，日后也好见贾、王二公的。"① 然而，这"人情"并非"情"，而是包含着"名利"二字，王熙凤求利，即事成收受三千两银子；贾雨村求名，以备将来仕途。二人做这些事均以"才"掩"情"，王熙凤说"既应了你，自然快快的了结"②，果然"两日工夫俱已办妥"③；贾雨村最终放逐了门子，"远远的充发了才罢"④，

---

① 《红楼梦脂评汇校本》，第55~56页。
② 《红楼梦脂评汇校本》，第183页。
③ 《红楼梦脂评汇校本》，第185页。
④ 《红楼梦脂评汇校本》，第57页。

以绝后患，说明他们干事干练、有机谋。又二人因仗"势"，所以敢冒不韪，如"雨村断了此案，急忙作书信两封，与贾政并京营节度使王子腾，不过说'令甥之事已完，不必过虑'等语"①；所不同的只是王熙凤因"势"假手于其他办事官员，即"那节度使名唤云光，久欠贾府之情，这一点小事，岂有不允之理"②，而贾雨村是直接要手段，不过是顺应求"势"而已。

一个"情"字底下涵盖的是名、利、才、势四件事，唯有"才"属于个体性，其他均系社会性，如果要将道德判断杂置其中，执戈所向或许并非英雄或奸雄的个体高贵性，而去针对社会性关系之芜杂更为得体，只不过诸如王熙凤、贾雨村这样的个体显得更突出，所以必然要承担这结构性的"罪"，负罪于身，才能给整个舆论一个交代。舍勒对此现象的观察是值得深思的：

> 高贵的个人——由于其义务范围较为丰富、较为高尚——比卑贱的人更容易"有过失"，所以他一开始就有一种道德的"危害"。这"危害"本身已带有某些潜在的悲剧性，因为它的存在既要归功也要归咎

---

① 《红楼梦脂评汇校本》，第57页。
② 《红楼梦脂评汇校本》，第185页。

于他较为高贵的本性。①

王熙凤与贾雨村的"义务范围"较为丰富，一个占据着家庭内部生活的主位，一个占据政治生活的某一主位，所以他们所带有的道德危害性是追随其"位"的。个体的高贵性固然可能蕴藏着"危害"，但属偶然，舍勒说是"潜在的"，而个人因其"位"而将失德变成了现实，则悲剧性就彻底地难以避免了。

贾雨村自言"蒙皇上隆恩，起复委用，正当殚心竭力图报之时，岂可因私而废法"②，而门子对他说：

> 老爷说的何尝不是大道理，但只是如今世上是行不去的。岂不闻古人有云"大丈夫相时而动"，又曰"趋吉避凶者为君子"。依老爷这一说，不但不能报效朝廷，亦且自身不保，还要三思为妥。③

即是说，时、世二字也不可违逆。"位"是时之位、世之位，再有才也是抵不过其强大的推力与惯性的。

---

① 〔德〕马克思·舍勒：《哲学人类学》，魏育青、罗悌伦等译，第123页。
② 《红楼梦脂评汇校本》，第56页。
③ 《红楼梦脂评汇校本》，第56页。

明哲保身，出自《诗经·大雅·烝民》，周宣王时期大臣尹吉甫送别仲山甫所作。"这类说理性的诗，在《三百篇》很少见，即便是产生于'宣王之世'之后的《国风》、《小雅》，也几乎没有这类作品。"① 然而诗中所述之理，也似乎包含着同样的矛盾：

> 肃肃王命，仲山甫将之。
> 邦国若否，仲山甫明之。
> 既明且哲，以保其身。
> 夙夜匪解，以事一人。②

"邦国若否"，即上下隔阂，不相融洽。否，恶、闭塞。又《尔雅》："哲，智也。"仲山甫在国家政事不甚畅通的情况下，是怎样做到保全自身，又对周宣王专一不移的呢？"明哲"究竟何意？当然，贾雨村远不及此，但确实也在"肃肃王命""不畏强御"③ 之间遭遇了两难困境。

又如王熙凤对平儿说：

---

① 程俊英、蒋见元：《诗经注析》（下册），中华书局，1991，第896页。
② 程俊英、蒋见元：《诗经注析》（下册），第898页。
③ 不畏强御，也是出自《烝民》的诗句，意思是不畏惧强梁。参见程俊英、蒋见元《诗经注析》（下册），第899页。贾、王、薛各族在葫芦案中不就是"强梁"吗？

> 回头看看了，再要穷追苦克，人恨极了，暗地里笑里藏刀，咱们两个才四个眼睛、两个心，一时不防，倒弄坏了。①

时、世是千万双眼睛，千万颗心，人人都有"心眼儿"，而"位"与"才"则寥若晨星。如此，人们虽然会在心理上觉得毋宁少一些王熙凤、贾雨村为好，但又不免让人对这样的人物生出些许同情心来。

王熙凤生存的那个时代，时、世、位、势对"才"形成夹攻，要么泯灭其才，要么玩权弄势、欺罔时世，在英雄性人格的前提下看，只有后一条路可走。走错了路，不单是因为她比他人不同，也是社会原因的决定性所致。这时候的"英雄"会自诩"国王"，"目睹一个划分精细的道德价值差别的王国，从一开始起就注视着较高的价值，他通过选取对他来说至高无上的价值并在所愿所为中实现这些价值而尽自己的义务"，然而，"价值还是在劫难逃，世界的全部道德价值还是不免减少"②。正如曹雪芹为王熙凤所作【聪明累】之结尾："一场欢喜忽悲辛。

---

① 《红楼梦脂评汇校本》，第664页。
② 〔德〕马克思·舍勒：《哲学人类学》，魏育青、罗悌伦等译，第122页。

四　休将雏凤便轻删：王熙凤的人格

叹人世，终难定！"甲戌本夹批：见得到。——言下之意，人世、难定，竟被曹雪芹看得如此清楚！生存在那样的背景下，英雄也难免变成奸雄。

道光二十一年费丹旭《十二金钗图册》之《熙凤踏雪》

毋宁说，王熙凤是"无罪的罪过"，但毕竟在看官心里形成了一种"恶"的印象。这种塑造手法很高超，曹雪芹本人虽然是站在积极立场去描写王熙凤的，但一笔渲染五色，让带有正经感情的读者或道德家产生错觉，以便在心理上容易对她行使审判，而对她的审判，在思索过程中不知不觉就会变成对时代的审判。一般的罪恶取决于个体的选择和行动,而悲剧性英雄的罪,本身已经被包含在他的选择范围里面了。这是塑造王熙凤这个角色的深层用意。就此可以依照舍勒来厘清:

> ……那种必然的"无罪的罪过"的核心,迄今为止,人们只是怀着某种赞同正宗的感情以这种似是而非的伴谬词句表述这种核心。这里最基本的是错觉的必然性,而对"悲剧英雄"再公正不过的道德家也会被这种错觉所左右。具有道德知识的悲剧英雄就其本质而言显然系罪人的反面,然而对他的时代来说,他仍然可能和罪人无法区分。①

《红楼梦》毕竟是这样一部悲剧,它的悲剧性不仅来自诸个体命运之悲情,还牵涉这些命运所由以形成的外在格局,她对它的反思批判,也是极悲壮的。

虽然萨孟武曾指出:

> 过去士大夫之家多禁止年轻人看《红楼梦》,不是因为《红楼梦》是诲淫之书——《红楼梦》并不诲淫——而是因为年轻人血气未定,看了《红楼

---

① 〔德〕马克思·舍勒:《哲学人类学》,魏育青、罗悌伦等译,第125页。

梦》，不免发生悲观之念，而失掉壮志。①

而当代读者已不大为这种"悲观"所限，对于悲剧性理解得愈深刻，对《红楼梦》的创作就会愈认可：

> 由此可见，好为人师的迂阔夫子的理论是多么荒谬。这种理论试图在悲剧中找出道德的罪责，在它看来，悲剧作家并非充满敬畏之情地描述悲剧性，而是一个从道德上审判，并通过毁灭来惩罚他笔下的英雄的法官。只有对悲剧现象完全视而不见的人才会胡编出这种再蠢不过的理论来。……悲剧性根本不是特别涉及人的范围，也并非仅仅局限于意志行动，而是一种无所不包的现象。②

萨孟武也正确地指明过：

> 王熙凤固有才干，但她能够发挥才干，须有两个条件，一是用她的人能够给予信任，二是用她的人许其自由用钱，二者缺一，凤姐只是庸懦之人。她在宁国府办理秦可卿的丧事，就是贾珍信任她，又叫她不要省钱。③

---

① 萨孟武：《〈红楼梦〉与中国旧家庭》，第213页。
② 〔德〕马克思·舍勒：《哲学人类学》，魏育青、罗悌伦等译，第127页。
③ 萨孟武：《〈红楼梦〉与中国旧家庭》，第108页。

这两项条件就是所谓"位"的现实内涵，以"位"保"才"，即以权威、经济成全其才，事业便如火如荼，轰轰烈烈。然而，充满讽刺或悖论意味的是：

> 古来人臣不妒才者为数不多。①

"位"有被私己化的可能，故以"位"戕"才"。"才"的真实处境也就是"才"的悲剧性。

## 4. 人格之成立

前文曾在人的独立性的角度说明过本书的研究基于康德的概念展开的可能性，通过解读王熙凤，有必要深化这个概念，从而为解释其他女性角色做铺垫。我将沿用舍勒的观点来达到此目的，即区分出个体与人格之不同，从而扩充"独立性"的内涵。舍勒谈道：

> 每一个有限的人格都是一个个体，并且是作为人格本身是这样的个体——而不是通过它的特殊的（外部的和内部的）体验内容才是个体，即不是通过它所

---

① 萨孟武：《〈红楼梦〉与中国旧家庭》，第160页。

思考、所意愿、所感受的东西等等才是个体，也不是通过它所需占有的身体（它的空间充实等等）才是个体。这意味着：人格的存在永远不可能化解为一个法则性的理性行为的主体——即便它的存在否则会得到更确切的把握，而且即便把它理解为生物性存在的或实体性的存在是错误的。如果人格可以说是依据伦常法则才——作为它的实行者——而被创造出来，那么它甚至无法在一个伦常法则面前是"顺从的"。①

对于非哲学专业背景的读者来说，这段引文或许艰涩，所以，我以王熙凤为例阐释其中内涵。首先，人们不应该把她看作充实了某历史空间、具有身体的某人，如居住在荣国府内院"小小一座房宇"②里的一位妇人，因为虽然每个人都占有自己的身体，或者占有本己的因由身体而来的观念（例如性观念），纵然这些"占有"让作为个体的"人"似乎带有更鲜活的生物学意义，但是并不能因此证明她是人且具有"人格"。其次，她对外在事物或内在感受的体验也与作为人格无关，人格不是饮食起居，也不是她的喜怒哀乐，

---

① 〔德〕马克斯·舍勒：《伦理学中的形式主义与质料的价值伦理学》，倪梁康译，商务印书馆，2011，第542~543页。
② 《红楼梦脂评汇校本》，第42页。

这些即使都与其作为"个体"相关，却不能使之成为一个"主体"。人的喜怒哀乐与一般伦常相互参照，才显得更活跃、印象深，但是人无法把它们化解在一般伦常性的规则之中，她也无法因此缔造伦常的法则，而只能通过自身的尊严或克制达到人格的独立。看官们知道，王熙凤在贾母面前似乎"肆无忌惮"，却因此得到贾母的赏识，即她是独立的，而非一味在长幼关系中降低自己，在自己身上局限地体现伦常。这便可以推论出，任何作为人格存在的主体都不可能对于伦常的法则性是"顺从的"。最后才能说虽然"每一个有限的人格都是一个个体"（现实中如此），但"人格"才是个体之为个体的基础（真实之呈现），即在"个—体"这个词中剥出了"个"（个性）之内核，亦即独立性。

舍勒将之称作"自立性"，即"自"（Auto-）是人格之为人格的原因。在这里他与康德是一致的，而与黑格尔等人迥异。① 这些哲学史公案暂且不提。我们需要在此

---

① 参见〔德〕马克斯·舍勒：《伦理学中的形式主义与质料的价值伦理学》，倪梁康译，第543～544页。舍勒说道："但需注意，在康德本人那里，关于理性自律的说法要远远多于人格自律的说法。"这也是我为什么还要将《红楼梦》中的人格问题引入舍勒的思想来做说明与补充的原因。请读者原谅这些"无聊的"学识背景。

四　休将雏凤便轻删：王熙凤的人格

做出的结论只是：王熙凤是具有人格的，王熙凤的人格是写作《红楼梦》的基石。

当然贾宝玉是《红楼梦》这座大厦的拱顶。如果对贾宝玉与王熙凤进行比较，可以发现前者是人格的理想性的体现，而后者是人格的实在性，即独立性的体现。这也就解释了为何余英时会在解读大观园的立场下把现实与理想看作对立的，也能够解释他为何将王熙凤看作贾宝玉和他的理想的保护人了；也便能够解释为何张爱玲参详《红楼梦》，从贾宝玉的角度来看，是性格的"悲剧"；而我们从王熙凤的角度看来，就是社会的、历史的、政治的、人类生活内部的悲剧了。如第七十一回，鸳鸯的一段话可以被看作这种悲剧的隐喻：

> 罢呦，还提凤丫头虎丫头呢，他也可怜见儿的。虽然这几年没有在老太太、太太跟前有个错缝儿，暗里也不知得罪了多少人。总而言之，为人是难作的：若太老实了没有个机变，公婆又嫌太老实了，家里人也不怕；若有些机变，未免又治一经损一经。[1]

---

[1] 《红楼梦脂评汇校本》，第861页。

"在老太太、太太跟前"就像《诗经·烝民》里的"以事一人",可王熙凤也没有办法明哲保身,毕竟现实是"治一经损一经"。

若把王熙凤看作曹雪芹按照普通伦常和道德意识的法则塑造的一个值得批判的罪恶的女人,则《红楼梦》也不会有那么多幽默了,书中大部分令人解颐的语言描写都出自王熙凤,"最是他肚内有无限的新鲜趣谈"①,恰给予生活无限生机。她显然已不认为生活是一种罪了。魏宁格说得好:

> 唯有当我不再犯罪的时候,我才能理解什么是罪;一旦我理解了罪,我就已经停止了犯罪。同样,只要我还活着,我就永远无法领悟生命。我在生命的每时每刻都被束缚在这种虚假的存在当中;只要我还没有摆脱它,我就永远不可能理解这个束缚。我理解了一个事物的时候,我已经处在那个事物之外了。只要我还有罪,我便不能领悟自己的罪。②

他人眼中的罪、过、错、失,在王熙凤心里全然消解了,

---

① 《红楼梦脂评汇校本》,第651页。
② 〔奥〕魏宁格:《性与性格》,肖聿译,第309~310页。

没有这些概念了。正如馒头庵事件后，曹雪芹告诉我们：

> 自此凤姐胆识愈壮，以后有了这样的事，便恣意的作为起来，也不消多记。①

不论她是英雄、奸雄，这种"胆识"就是王熙凤的人格，即她个性中自发的"自"，她的尊严，她的意志。只可惜她还没穿透生活，如果《红楼梦》完成了，曹雪芹一定会通过凤姐之口，用椽笔书以震撼世界的一席话。

我个人认为王熙凤的悲剧即在于，在一个她所不能选择的世界里嫁给了贾琏这样的人，而世界是围绕着贾琏他们而运转的，即使她的选择是最好的，她的生活，在这样的世界里也终将凋零。

请允许我引用魏宁格的话来结束这悲剧的一章吧。

> 女人问题既像性本身一样古老，又像人类一样年轻。它的答案是什么？男人必须使自己摆脱性的束缚，因为如此（唯有如此）才能摆脱女人的束缚。与女人的看法相反，女人获救的希望并不系于男人的

---

① 《红楼梦脂评汇校本》，第188页。

不纯洁，而是系于男人的纯洁。必须摧毁作为女人的女人，但是，新型的、恢复了青春的女人，作为真正的人的女人，却只能从作为女人的女人的灰烬中诞生。①

---

① 〔奥〕魏宁格:《性与性格》，肖聿译，第373页。

# 五 瑶天星月入红楼

## 袭人与薛、林的真情实性

王熙凤对妯娌、姐妹之间的主观评价往往带有客观色彩，比如评价林黛玉、薛宝钗、贾探春：

　　　　再者林丫头和宝姑娘他两个倒好，偏又都是亲戚，又不好管咱家务事。况且一个是美人灯儿，风吹吹就坏了；一个是拿定了主意，"不干己事不张口，一问摇头三不知"，也难十分去问他。倒只剩了三姑娘一个，心里嘴里都也来的，又是咱家的正人……①

评价标准除了分家内、家外，还分出性格与人格，如黛玉之弱、宝钗之重，皆是其人性格（character），而"他两个倒好"以及探春的"都也来的"，评价的是人格（personality）。为何如此说？

　　每个人都有性格，但未必都有独立人格。《红楼梦》中，每一位女性角色的性格如盛放的不同的花，姹紫嫣红，且曹雪芹极爱用花来比女儿，如全部八十回中最后一次幸福的烟火，即宝玉过生日，"寿怡红群芳开夜宴"，

---

① 《红楼梦脂评汇校本》，第664页。

五　瑶天星月入红楼：袭人与薛、林的真情实性

女儿们以占花名为乐，迎得群花眷顾，李纨、湘云、麝月均获花签——恰可以渲染她们的性格。然而，在笔者看来，《红楼梦》中的女性描写能担当人格属性的，除了王熙凤，还有薛宝钗、林黛玉、贾探春与袭人。前三人也都匹配了各自花名，游戏轮到袭人时却中道而止（第六十三回）。

舍勒说：

> 如果我们继续把"性格"（Charakter）理解为持续的意愿资质或其他"资质"，例如一个人格的精神资质、智性资质和记忆资质，因而随之理解为性格学和差异心理学所探讨的整个问题范围，那么这种"性格"（它在假定心灵实体时本身重又必须回溯到心灵的秉性和躯体的秉性上去）也与"人格"的观念没有关系。[1]

就此将性格概念与人格概念区分开来。例如《红楼梦》中的香菱，具有某种精神资质，因为她热爱诗，由此带着身世的高贵性；妙玉则具有某种智性资质，才华太高，睥

---

[1] 〔德〕马克斯·舍勒：《伦理学中的形式主义与质料的价值伦理学》，倪梁康译，第694~695页。

睨一切凡俗；贾惜春具有某种记忆资质，本是宁府那边的小姐，却坚决杜绝与宁府来往，显出她的孤介；这些都不外乎性格描写，即描写她们的心灵秉性。当人们把大观园中的所有女孩子并列起来选美的时候，大多数情况是在"差异心理学"的范围内进行价值评判，看到的只是众人的性格——所谓评判出来的"美"或"好"也不是来自外貌，曹雪芹对于女孩子们的外貌描写均是寥寥几笔带过，从未具象化。人们所理解的"红楼人物形象"，不外乎"红楼人物性格"，因为：

> 性格无非就是那个假设的，或多或少持恒的 X，即我们为了说明一个人格的个别被观察到的行动而设定的 X。因此，如果一个人的行动与我们从他就一个特定情况而假定的"性格形象"（Charakterbild）中所展开的推演不相符合，那么由此而导致的结果便永远只能是：我们有理由改变这个关于他的性格的"形象"。①

所以，所谓续书或对女儿们命运的猜谜似的考据，永远只能是让各个角色在主观个人想象的现实中延续，却没

---

① 〔德〕马克斯·舍勒：《伦理学中的形式主义与质料的价值伦理学》，倪梁康译，第695页。

有办法达到它的真实性，也就是说，没有办法达到曹雪芹这位天才人物在角色性格中凸显的人格真相。《红楼梦》未完，反而滋养了几百年来看官们的各异想象，吊足了人们对什么是善的、什么是恶的等话题的好奇心，好像家长里短，永无定论，也对指导生活无用，因为"角色的"性格毕竟属于他自身。在敉平的性格学当中是永远不会找到《红楼梦》的真理性的。舍勒警告过：

> 恰当地区分人格和性格，这对伦理学来说以及对"伦常上善的"和"心灵上正常的"与"伦常上坏的"和"病态的"这些概念的区分和更细致的限定来说，也具有重要的意义。[1]

即：在性格学方向的选美大会开始之前，区分性格与人格，是必须首先确立的。

## 1. 袭人之分

下文以袭人为例，来进一步说明"人格"问题。

---

[1] 〔德〕马克斯·舍勒：《伦理学中的形式主义与质料的价值伦理学》，倪梁康译，第696页。

袭人这个人物向来不很讨喜。晴雯去后，就连贾宝玉都怀疑起她来：

> 宝玉道："怎么人人的不是太太都知道，单不挑出你和麝月秋纹来？"袭人听了这话，心内一动，低头半日，无可回答，因便笑道："正是呢。若论我们也有顽笑不留心的孟浪去处，怎么太太竟忘了？想是还有别的事，等完了再发放我们，也未可知。"宝玉笑道："你是头一个出了名的至善至贤之人，他两个又是你陶冶教育的，焉得还有孟浪该罚之处！"①

宝玉因去了心头第一等的晴雯而心酸，故言语含讽，讽袭人之"贤名"。后由袭人解嘲，二人终归于好：

> 袭人笑道："我原是久已出了名的贤人，连这一点子好名儿还不会买来不成！"宝玉听他方才的话，忙陪笑抚慰一时。②

袭人之温柔自不必言，她的"贤名"之所以被刺，或在于名不副实，她想要通过贤名被太太提拔，成为宝玉

---

① 《红楼梦脂评汇校本》，第937页。
② 《红楼梦脂评汇校本》，第939页。

五　瑶天星月入红楼：袭人与薛、林的真情实性

妾室，占一席之位？为了达到目的，不择手段，如"清君侧"，密告晴雯，使之被逐？

晴雯被逐，出于王夫人被王善保家的调唆，一时血性所致（第七十四回）。第三十一回中，晴雯似已知晓宝玉、袭人云雨之事，讥讽袭人与宝玉自称"我们"：

> 晴雯听他说"我们"两个字，自然是他和宝玉了，不觉又添了酸意，冷笑几声，道："我倒不知道你们是谁，别教我替你们害臊了！便是你们鬼鬼祟祟干的那事儿，也瞒不过我去，那里就称起'我们'来了。明公正道，连个姑娘还没挣上去呢，也不过和我似的，那里就称上'我们'了！"袭人羞的脸紫胀起来，想一想，原来是自己把话说错了。宝玉一面说："你们气不忿，我明儿偏抬举他。"①

袭人此时"羞的脸紫胀起来"，是心中还有一定的女孩儿家的自尊。其实，连林黛玉也知道宝玉与袭人的亲近关系，同回中：

> 黛玉道："二哥哥不告诉我，我问你就知道了。"

---

① 《红楼梦脂评汇校本》，第393页。

> 一面说，一面拍着袭人的肩，笑道："好嫂子，你告诉我。必定是你两个拌了嘴了。告诉妹妹，替你们和劝和劝。"袭人推他道："林姑娘你闹什么？我们一个丫头，姑娘只是混说。"黛玉笑道："你说你是丫头，我只拿你当嫂子待。"宝玉道："你何苦来替他招骂名儿。饶这么着，还有人说闲话，还搁的住你来说他。"①

宝玉在晴雯、黛玉这些亲近的人面前，并不讳庇护袭人，坦诚以对，并不遮掩将袭人看作房中人的事实，想为其消除"骂名"。故而，袭人的"贤名"在他日常看来并非虚名。

王夫人、王熙凤、薛姨妈都承认宝玉与袭人的关系，相当于经过了管家人的官方认可：

> 王夫人想了半日，向凤姐儿道："明儿挑一个好丫头送去老太太使，补袭人，把袭人的一分裁了。把我每月的月例二十两银子里，拿出二两银子一吊钱来给袭人。以后凡是有赵姨娘周姨娘的，也有袭人的，只是袭人的这一分都从我的分例上匀出来，不必动官中的就是了。"凤姐一一的答应了，笑推薛姨妈道：

---

① 《红楼梦脂评汇校本》，第394页。

"姑妈听见了，我素日说的话如何？今儿果然应了我的话。"薛姨妈道："早就该如此。模样儿自然不用说的，他的那一种行事大方，说话见人和气里头带着刚硬要强，这个实在难得。"王夫人含泪说道："你们那里知道袭人那孩子的好处？比我的宝玉强十倍！宝玉果然是有造化的，能够得他长长远远的伏侍他一辈子，也就罢了。"凤姐道："既这么样，就开了脸，明放他在屋里岂不好？"王夫人道："那就不好了，一则都年轻，二则老爷也不许，三则那宝玉见袭人是个丫头，纵有放纵的事，倒能听他的劝，如今作了跟前人，那袭人该劝的也不敢十分劝了。如今且浑着，等再过二三年再说。"①

此处之所以引用这一段长对话，是因为其中包含着袭人这个人物创作背景的几乎全部信息。其一，在爱护贾宝玉的人们一边，都已暗自认可了她作为跟前人的名分，等同于"姨娘"，但是还需保持她作为一个丫头的实际地位，因为贾宝玉的个性更重女儿而非女人，另外，由于男女在家庭地位上的差别，男尊女卑，明放在房里，不便袭

---

① 《红楼梦脂评汇校本》，第442～443页。

人劝导宝玉。但在仇恨宝玉的人们一边，就将虚名做成了口实，比如赵姨娘密告挑唆贾政说宝玉已有了房中人（第七十二回）等事，赵姨娘妒忌袭人，皆因袭人"名实不副"，还不是"姨娘"。其二，袭人的贤德在荣国府、大观园上下有口皆碑，脂砚斋等批书人也没有将袭人看作别有用心的，证明她确有"贤名"。其三，最主要的一点在于，如果说王熙凤是《红楼梦》中"政治型人格"的代表，袭人就是"经济型人格"的中心，从王夫人在自己的月银分例中拨出二两给袭人开始，我们才逐渐知道了荣府家人各阶层的经济实况，袭人的月例给出了基本参照。填补袭人月例这一节，穿起了上至王夫人，下至小丫头们每月的分银、花销情形，如同秤杆上的定盘星，又平行地比较了赵姨娘，以及诸人在钱财方面所存的不同心理。

贾府中几篇关键的"经济账"都是从袭人写起。王熙凤放账一节，是从袭人口中打探出来的。第三十九回，袭人问平儿"这个月的月钱，连老太太和太太的还没放呢，是为什么"[1]，平儿才将事情和盘托出。又，袭人是从外面买来的丫头，并非家生子，所以生活用费在她身上有了家内、家外的区别。第五十四回，她的母亲亡故，

---

[1] 《红楼梦脂评汇校本》，第 476 页。

五 瑶天星月入红楼：袭人与薛、林的真情实性

"太太又赏了四十两"①，等到第五十五回才有赵姨娘因此不忿，向探春撒泼"这会子连袭人都不如了，我还有什么脸?"②等故事。如果没有袭人这个经济生活的交叉点，也就较难推理出赵姨娘等人的家生奴背景了。再者，如果没有袭人月钱增加这一环节，对于现代读者而言，也就较难理解大家攒份子给王熙凤过生日时的人情描写了，譬如"鸳鸯答应着，去不多时带了平儿、袭人、彩霞等还有几个小丫鬟来，也有二两的，也有一两的"③，袭人一定是二两，也就是几乎整月的分例，王熙凤过生日，家下人等几乎都拿出了一月的分银。有些人是不得已，碍于威势，袭人却如平儿一样，真心与凤姐亲厚，如第五十一回中，凤姐将自己的大毛衣服赠予临将归家为母送殡的袭人。④曹雪芹在此等细节之处，无一错漏，将袭人当作一个创作支点。

---

① 《红楼梦脂评汇校本》，第645页。
② 参见《红楼梦脂评汇校本》，第658页。
③ 《红楼梦脂评汇校本》，第520~521页。
④ 平儿拿出王熙凤的两件过冬衣裳，一件给袭人，一件送给邢岫烟。邢岫烟如袭人一样，也是一个关键的写经济事件的核心人物，读者可参见第四十九回、第五十七回、第七十三回等，邢夫人、王熙凤、薛宝钗、贾迎春房里的乳母、奴婢等，都因这个人物有关于经济生活的心理描写。

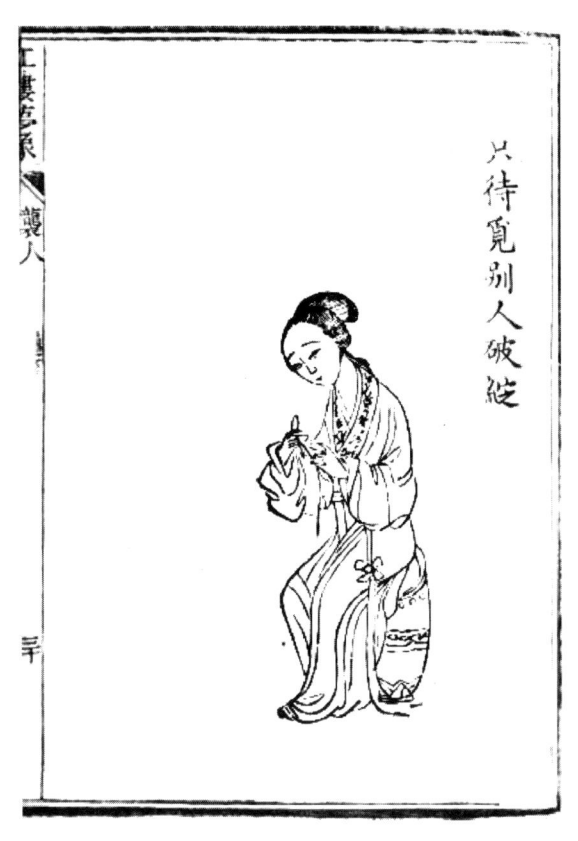

**道光十二年王希廉评本之袭人像**

　　贾府人丁收入属于身份经济，类似当代的级别工资，地位高的人，月银就多，袭人身份暗升，所以王夫人以私人名义，擢升其月例。但她并不像赵姨娘那样噬财、敛财，袭人的月钱都花在宝玉身上，即刺绣女红、贴身衣物等，如她所说"我虽不少，只是我也没地方使去，就只预备我们那一个"①。于是可知，在她心中重要的并非以钱财标榜的身份地位，而是作为下人、奴才、侍妾，与主子齐心合力，即作为"合作者"的一片痴心。曹雪芹是这样定位袭人的：

> 伏侍贾母时，心中眼中只有一个贾母，今与了宝玉，心中眼中又只有个宝玉。只因宝玉性情乖僻，每每规谏，宝玉不听，心中着实忧郁。②

袭人作为"经济型人格"的代表并非在于其个人利益得失，而是"合作者"的能量要尽可能地得到最大化彰显。在古代，无论中西，这种被附着于女性身上的经济思想是一贯的。比如在古希腊色诺芬的《经济论》中可以读到这样的话：

> 亲爱的，告诉我，你知道我为什么娶你，你的父母为什么把你给我吗？你一定很清楚，我们当初和别人结婚并没有什么困难。但是，我为我自己考虑，你的父母为你考虑，在未来的家庭和儿女方面，究竟谁是最好的合作者。我选上了你，而你的父母好像是认

---

① 《红楼梦脂评汇校本》，第477页。
② 《红楼梦脂评汇校本》，第48页。

为我是他们能够找到的最合适的人。……因为我们将来共享的幸福之一，就是在老年能够得到最好的帮手和最好的赡养；但是目前我们先来共同享有我们这个家庭。因为我把我所有的东西都放到我们共有的财产里，而你也把你带来的一切都加了进去。我们并不要计算我们谁实际拿出来的更多，但是我们必须知道：谁能证明自己是更好的合作者，谁的贡献就更重要。①

虽然袭人并不是通过自己父母的授意服侍宝玉的，而是受宝玉母亲之托，但这里的思想是一致的，即在将来的家庭生活中，为宝玉物色最合适的合作者。色诺芬所描述的"在老年能够得到最好的帮手和最好的赡养"就如同王夫人所讲的"能够得他长长远远的伏侍他一辈子，也就罢了"。如果传统女性是因为传嗣而在家庭中获得政治地位，那么，她们也正是因为作为最适宜的合作者而获得经济之主体地位。所以，因果不能倒置：袭人不是因为被增加了月钱而有机会成为未来的合作者，而在于她是潜在的合作者，便具有了核心之地位。赵姨娘的嫉妒出于前者，王夫人的考虑出于后者，也出于三从四德的思想。

---

① 〔古希腊〕色诺芬：《经济论 雅典的收入》，张伯健、陆大年译，商务印书馆，1961（2014重印），第24~25页。

五　瑶天星月入红楼：袭人与薛、林的真情实性

王夫人是因为性格而贬黜晴雯、提拔袭人的吗？表面似乎如此，但仍可认为，是出于袭人之人格动能。在晴雯被撵之后，王夫人回禀贾母说道：

> 若说沉重知大礼，莫若袭人第一。虽说贤妻美妾，然也要性情和顺、举止沉重的更好些。就是袭人模样虽比晴雯略次一等，然放在房里，也算得一二等的了。况且行事大方，心地老实，这几年来，从未逢着宝玉淘气。凡宝玉十分胡闹的事，他只有死劝的。因此品择了二年，一点不错了，我就悄悄的把他丫头的月分钱止住，我的月分银子里批出二两银子来给他。不过使他自己知道，越发小心效好之意。①

舍勒曾一针见血地指出过：

> 唯有每一个个体伦常的主体都对那个只能为它所把捉的价值性质进行特殊的照管和培养，当然同时也不疏忽那些普遍有效的价值，这时价值普世主义和价值个体主义的正确关系才会始终被察觉到。②

---

① 《红楼梦脂评汇校本》，第 946~947 页。
② 〔德〕马克斯·舍勒：《伦理学中的形式主义与质料的价值伦理学》，倪梁康译，第 707 页。

以王夫人选择袭人为例，即是指，王夫人把捉到的"性情和顺、举止沉重"等性格，是与当时普遍存在的家庭价值、妻妾作为合作者的角色关系相一致的，所以她特别留心照顾这种价值的个体主义，目的在于使它成为普遍价值的一个代表，此种次第关系，是通过一种中心人格来完成的，而不单是一个人的性格那么简单，它形成数圈涟漪，一个同心圆，如舍勒进而说明的：

> 但这并不只对那些个别个体有效，而且也对例如文化圈、〔民族〕国家（Nationen）这样的精神集体个体有效，以及对民族（Völker）、部族、家庭有效。即是说，这里得出这样一个重要的明察：伦常生活理想例如在各个民族类型和〔民族〕国家类型那里的充盈与杂多性根本不是对伦常价值之客观性的反驳，而是这样一个状况的本质结果：唯有对普遍有效的伦常价值连同个体有效的伦常价值的共观（Zusammenschau）和穿透（Durchdringung）才会提供对自在的善的完整明见性。而类似的情况也适用于每个个体和集体个体的历史发展。[1]

---

[1] 〔德〕马克斯·舍勒：《伦理学中的形式主义与质料的价值伦理学》，倪梁康译，第 707~708 页。

换言之，在《红楼梦》中，贾宝玉清净女儿世界的理想性虽然能够唤起绝大多数看官的同情，但它并不构成对实用的伦常价值的关键反驳，以男性为主的家庭生活所需求的妻妾制度的完美性，通过王夫人的观察及选择，显现其完整的客观性，也就是当时那个社会中的"自在的善"。袭人的存在是这种自在之善起作用的一个明证，体现在她对贾宝玉的"规劝"中，即让他的价值，不论是个体的，还是普遍的，都迁就回归到德性与权利所主宰的价值圈中，以便形成"共观"和"穿透"。这些活动可以改变任何一种人格或性格的历史，所以王夫人说"这几年来，从未逢着宝玉淘气"。

这里发生的事与"心机"无关，只与"价值"的客观秩序及活动，以及价值之对抗或和同有关。从个体性格的角度观看袭人，她的价值不高，确实很难比肩晴雯，她的见识在文化圈或国家民族之内部循环，缺乏跃出感，所以特别规劝和鼓励贾宝玉走仕途经济。但，她的价值的可贵性正在于此，即在某种人格中坦诚地容纳了家国价值之重心，从经济的角度看，即在于一种恒常有利的稳定性。第二十回有一条庚辰本的畸笏叟眉批：

> 袭人正文标目曰"花袭人有始有终"，余只见有

> 一次誊清时，与"狱神庙慰宝玉"等五六稿，被借阅者迷失，叹叹！①

虽然今天无法知道曹雪芹早已写出的这些故事是怎样的，但此标题中"有始有终"四个字特别适合描绘袭人的人格，也是她的价值体现。

我国传统对于此种经济型女性人格的赞赏由来已久，即所谓"贤内助"。"内"相对于"外"，即得以向外驱动的内动力。袭人因此能够最大程度去做她所能做的，即保持人格中的自尊。因为其并不识字，如行令游戏时，她说"二则我们不识字，可不要那些文的"（第六十三回），缺少文化智巧，所以这种动能便通过"自尊"来达成，如第七十七回：

> 原来这一二年间袭人因王夫人看重了他了，越发自要尊重。凡背人之处，或夜晚之间，总不与宝玉狎昵，较先幼时反倒疏远了。②

连晴雯也说："袭人么？越发道学了……"（第六十四回）各位看官切莫忘记，正是"道学"支撑起传统社会的价

---

① 《红楼梦脂评汇校本》，第253页。
② 《红楼梦脂评汇校本》，第942页。

值脊梁。《红楼梦》中许多大丫鬟均是各具性格的花朵,如晴雯、鸳鸯、彩霞、司棋等,也各有正传,却只有袭人能够在价值方面穿透其他人,袭人教育培养了麝月、秋纹。这是性格与人格之差异处。

张爱玲指出古人厌恶袭人者不乏其人:"高鹗对袭人特别注目,从甲本到乙本,一改再改,锲而不舍,初则春秋笔法一字之贬,进而形容得不堪,是高本违反原书意旨最突出的例子。恨袭人的固然不止他一个,晚清评家统统大骂,惟一例外的王雪香①需要取个护花主人的别号,保护花袭人。"② 张爱玲认为高鹗出于私心,其他晚清评家或许也有出于对礼教反思的,但这些"罪"却都要由袭人来背负了。

我并非要保护袭人,只是想从心理角度说明,袭人的所作所为并没有特别的恶意或刻意造成过错,尤其考虑到曹雪芹所说"我之罪固不免,然闺阁中本自历历有人,万不可因我之不肖,自护己短,一并使其泯灭矣"。从人格角度看,袭人与贾宝玉虽然龃龉,但某种程度上确乎超出

---

① 即王希廉(1805~1877),撰有《护花主人批序》《红楼梦总评》等评论。
② 张爱玲:《红楼梦魇》,第32页。

宝玉不少，袭人之劝慰均有正面意义，无怪乎脂评人在王夫人说"比我的宝玉强十倍"一句旁有己卯本夹批：

> 忽加"我的宝玉"四字，愈令人堕泪，加"我的"二字者，是明显袭人是"彼的"。然彼的何如此好，我的何如此不好？又气又愧，宝玉罪有万重矣。作者有多少眼泪写此一句，观者又不知有多少眼泪也。①

作者说"我之罪"，批者言"宝玉罪"，罪之所以成立即在分彼、此。王夫人没有料想到"我的宝玉"恰恰是"彼"，而"彼的袭人"，才是她的价值的传承人、维护者。假设宝玉之崇尚女儿的理想人格与王夫人、袭人在传统礼教社会企图保护他的那种合作者人格并不矛盾，待这种母性随着时间逝去，宝玉因此而尽孝、仗义，固也无所谓"罪"了。作者之伤感源于此。但以今天的眼光看，这两个方面确实也不存在特别大的冲突，所以袭人在今人的评价中也有污人之嫌。但若放在历史局限的男女两性关系中，则性命攸关。袭人最担心的是宝玉：

> 他又偏好在我们队里闹，倘或不防，前后错了一

---

① 《红楼梦脂评汇校本》，第443页。

点半点，不论真假，人多口杂，那起小人的嘴有什么避讳，心顺了，说的比菩萨还好，心不顺，就贬的连畜生不如。二爷将来倘或有人说好，不过大家直过没事；若叫人说出一个不好来，我们不用说，粉身碎骨，罪有万重，都是平常小事，但后来二爷一生的声名品行岂不完了……①

又是"罪"字！这里，袭人的保护欲已经接近母性了，或许是长年照顾宝玉的饮食起居而生出的心理。王夫人也对她说：

> 你如今既说了这样的话，我就把他交给你了，好歹留心，保全了他，就是保全了我。②

——似乎让渡了母亲的权利。可以说，宝玉一事无成之罪，或与袭人不加规劝之罪，是同一种罪。男女之事在古时候更多的关乎名节，而不是情感。如果宝玉有罪，袭人也便有罪，而宝玉宁可罪己，也不愿袭人有罪。这是作者在创作时保留的一个元意识。历史有很多无奈，袭人之人格特征便属其一。

---

① 《红楼梦脂评汇校本》，第423~424页。
② 《红楼梦脂评汇校本》，第424页。

现实伦常中确有不少袭人这样的女性，为维护或保护而爱，忠心耿耿，似同父母，懂得牺牲，虽然见识未必卓绝，人格却可信赖。《红楼梦》中还有类似的一位，就是伺候贾环的彩霞。她却终为贾环所弃，悲剧地另嫁旺儿之子（第七十二回）。宝玉依依不舍的袭人，无奈也以另嫁为结局①，未能同宝玉相始终。像这样的人格，实际多少都有些苦情。

## 2. 宝钗之实

当然，古今看官也多有质疑薛宝钗的，尤其受高鹗续书影响：她在贾宝玉婚事上参与了狸猫换太子的调包计，最终得到"宝二奶奶"的地位，所以多少有些"奸诈"。我只能说，宝钗是通部女子中最具"知性"者，但从知性到奸诈这一大步，却不敢轻易迈出。让我们读一下康德论奸诈的段落：

> 奸诈，即居心叵测，常常被视为虽然被滥用，但却是强大的知性；但是，它恰恰只不过是那些很受限

---

① 第二十八回甲戌本总评：盖琪官虽系优人，后回与袭人供奉玉兄宝卿得同终始者，非泛泛之文也。——即或许嫁给蒋玉菡。

制的人们的思维方式,与聪明大不相同,那些受限制的人自身所具有的是聪明的假象。人们欺骗诚实的人只能一次,然后这将对狡猾的人自己的意图产生很不利的后果。①

也就是说,虽然狡猾之人确实需要知性来帮他,但他这种小聪明是一种非常受限的知性,范围小得可怜,这样的人或许居心叵测,但很难经常得逞,更无论一贯得逞。曹雪芹塑造薛宝钗,只为了写一个"小聪明"?只能说,续书人耍了些小聪明而已。

第二十回己卯本有一段很长的夹批,历来被研究者重视,脂评人讲到袭人出嫁后,还有麝月留在宝玉、宝钗身边,因为袭人说过"好歹留着麝月"一语,宝玉依从了。脂评人进而写道:"然后知宝钗、袭人等行为,并非一味蠢拙古板以女夫子自居……非切切一味妒才嫉贤也,是以高诸人百倍。不然,宝玉何甘心受屈于二女夫子哉?"② ——我引用这句话,不是为了说明她二人的品格,而是为了指出脂评人与上述康德的见识一致:宝钗的知性并不受限("并非一味蠢拙古板");宝玉依顺她们的原因在于她们

---

① 〔德〕康德:《实用人类学》,李秋零译,第191页。
② 《红楼梦脂评汇校本》,第256页。

并没有欺骗他("人们欺骗诚实的人只能一次"),不然,宝玉岂不成了黄口垂髫的无知小儿?

所以,我就直接将讨论过渡至薛宝钗的人格上来,不再从正面为"保护"她而多费唇舌。其实,康德的话中已经包含了论述薛宝钗人格的积极一面,即"强大的知性",用曹雪芹的点睛之笔来定义,即"敏探春""时宝钗"(出现在第五十六回标题)。"时"字用作形容词,在现代汉语中比较少见,但古籍中不乏此种意象,多集中在儒家文献,如《周易》《论语》《中庸》,它的意思是在适当的时机找到贯通实践整体的最适宜的德性智慧。① 曹雪芹特别使用这个"时"字,可以说别具慧眼。

占花名那夜,宝钗拈得的签子上写"任是无情也动人"。抄检大观园翌日,她搬出了园子,是年中秋也没有进园,就连一向维护她的史湘云也说:"可恨宝姐姐,姊妹天天说亲道热,早已说今年中秋要大家一处赏月,必要起社,大家联句,到今日便弃了咱们,自己赏月去了。"② 王夫人、凤姐、李纨等也因宝钗离园而抱憾,怕疏远了亲

---

① 参见拙文《时间性与中庸》,载《中国现象学与哲学评论》(第十六辑),上海译文出版社,2015,第168~178页。
② 《红楼梦脂评汇校本》,第921页。

五 瑶天星月入红楼:袭人与薛、林的真情实性

戚，贾宝玉也甚觉冷清，他们都是从伦常的感情出发看待此事。唯有贾探春认为"亲戚们好，也不在必要死住着才好"[1]，是从事理本身出发来评价的。正如王熙凤的评价，大观园中，识字知理者，不囿于情感，能就事论事的千金小姐，只有贾探春、薛宝钗、林黛玉了。如第七十三回"懦小姐不问累金凤"，探春言语刚强，保护迎春免受奴仆欺罔，"当下迎春只和宝钗阅《感应篇》故事，究竟连探春之语亦不曾闻得"[2]，当然是说迎春没有听到这些话，而宝钗默默站在迎春一边，最终林黛玉用"虎狼屯于阶陛，尚谈因果"一句道理之谈做了总结。

薛宝钗看似无情，"不干己事不张口，一问摇头三不知"，这是她"静"的一面。但她的心是温暖的，如对史湘云的体谅（第三十二回），对林黛玉的关怀（第五十四回），对邢岫烟的照顾（第五十七回）；对姐妹们有悯恤之心的，在大观园中，唯有宝钗，这是她"柔"的一面。对待夏金桂这样难缠的角色，则另一番样子：

> 宝钗久察其不轨之心，每随机应变，暗以言语弹压其志。金桂知其不可犯，每欲寻隙，又无隙可乘，

---

[1] 《红楼梦脂评汇校本》，第906页。
[2] 《红楼梦脂评汇校本》，第886页。

只得曲意附就。①

这是她"刚"的一面。曹雪芹这位导演,将特写镜头对准宝钗时,却又恰恰捕捉到她"动"的一面,即第二十七回"滴翠亭杨妃戏彩蝶"。动、静、刚、柔合在一位女子身上,是古人认为最美的德性之一,叫作"贞"。《易经》坤卦六三:含章可贞。

但《红楼梦》对薛宝钗的描写中最令我印象深刻的,是平淡无奇的几句:

> 宝钗因见天气凉爽,夜复渐长,遂至母亲房中商议打点些针线来。日间至贾母处王夫人处省候两次,不免又承色陪坐半时,园中姊妹处也要度时闲话一回,故日间不大得闲,每夜灯下女工必至三更方寝。②

这几句之所以美,在于除了用白描手法叙出宝钗日常生活的事体轨迹,还渲染了时间之素与速,如秋凉、夜长、半时、度时、必至三更,与"时宝钗"之德性暗合,尤其画出纷纷杂杂的日间过后,静夜之中的贞女行状。庚辰本

---

① 《红楼梦脂评汇校本》,第 970 页。
② 《红楼梦脂评汇校本》,第 544 页。

在"夜复渐长"一句后有夹批曰:"复"字妙,补出宝钗每年夜长之事,皆《春秋》字法也。——看官眼中或有一个小小谜题,第三十五回,宝钗贴身丫鬟莺儿对宝玉说:"你还不知道,我们姑娘有几样世人都没有的好处呢……"宝玉忙问:"好处在那里?好姐姐,细细告诉我听。"还未及回答,宝钗的到来打断了二人谈话。① 秋夜针黹的宝钗,或许就是真实的答案,让我们知道宝钗有她自己独立的世界。

康德在《实践理性批判》中写道:

> 一个有理性的存在者对于不断地伴随着他的整个存在的那种生活惬意的意识,就是幸福,而使幸福成为任性的最高规定根据的原则,就是自爱的原则。②

任性在这里应理解为任由自己。不知在自己的世界中,慢慢做着女红的宝钗是不是幸福的?但她生活中的自爱原则一定是存在的,因为:

> 所有的偏好一起……构成了自私……这种自私要

---

① 《红楼梦脂评汇校本》,第438页。
② 〔德〕伊曼努尔·康德:《实践理性批判》,李秋零译注,第23页。

么是自爱的，即对自己本身的一种超出一切宠爱的自私……要么是对自己感到满意的自私……前者特别叫做自重，后者特别叫做自大。①

在自爱原则下的私我，不至于自满，不对自己加以宠爱，就是自重。看官印象较深的一处描写，是宝钗房间"雪洞一般，一色玩器全无"，"床上只吊着青纱帐幔，衾褥也十分朴素"②，说明她对自己剥除了一切宠爱。在自私、自爱、自重三者之间，如何衡量其关系，以定位薛宝钗之人格？

如若说宝钗"自私"，莫过于第二十七回，她听到了红玉与坠儿的谈话，"少不得要使个'金蝉脱壳'的法子"③，借口寻林黛玉，把无意听见之事遮掩过去。若说宝钗"自爱"，也是在同一回，去潇湘馆找林黛玉的路上：

> 忽然抬头见宝玉进去了，宝钗便站住，低头想了一想：宝玉和林黛玉是从小一处长大，他二人间多有

---

① 〔德〕伊曼努尔·康德：《实践理性批判》，李秋零译注，第78页。
② 《红楼梦脂评汇校本》，第492页。
③ 《红楼梦脂评汇校本》，第345页。

> 不避嫌疑之处，嘲笑喜怒无常；况且黛玉素习猜忌，好弄小性儿。此刻自己也进去，一则宝玉不便，二则黛玉嫌疑，倒是回来的妙。①

若说宝钗"自重"，可见第三十回：

> 宝玉听说，自己由不得脸上没意思，只得又搭讪笑道："怪不得他们拿姐姐比杨妃，原来也体丰怯热。"宝钗听说，不由的大怒，待要怎样，又不好怎样。回思了一回，脸红起来，便冷笑了两声……②

宝钗缘何大怒，还要脸红？因为贾宝玉的话语牵涉到她的身体，或胴体。

张爱玲说："宝玉对宝钗丰艳的胴体一向憧憬着。"③《红楼梦》中回眸对望宝玉的，又何尝不是宝钗呢？第三十六回：

> 林黛玉却来至窗外，隔着纱窗往里一看，只见宝玉穿着银红纱衫子，随便睡着在床上，宝钗坐在身旁做针

---

① 《红楼梦脂评汇校本》，第344页。此事发生在窥听之前片刻，当下这个去找黛玉的意识还在宝钗脑海中留着尾巴，所以宝钗在红玉、坠儿面前急中生智，脱口推说找林黛玉。
② 《红楼梦脂评汇校本》，第385页。
③ 张爱玲：《红楼梦魇》，第244页。

线，旁边放着蝇帚子，林黛玉见了这个景儿，连忙把身子一藏，手握着嘴不敢笑出来，招手儿叫湘云。湘云一见他这般景况，只当有什么新闻，忙也来一看，也要笑时，忽然想起宝钗素日待他厚道，便忙掩住口。①

乾隆五十六年活字本绣像之薛宝钗

① 《红楼梦脂评汇校本》，第444～445页。

五 瑶天星月入红楼：袭人与薛、林的真情实性

从第三者的眼中写来,是存宝钗之自重,写湘云不愿笑她,是写宝钗平日自爱。但此时在宝玉身旁做针线的她有没有些自私的幸福感呢?

普鲁斯特有一段关于情人熟睡时,在一旁观看的恋人的心理描写:

> 我细细端详着躺在我脚跟前的阿尔贝蒂娜。不时,她会突如其来地轻轻动弹一下,就像一阵不期而至的微风拂过林梢,一时间把树叶吹得簌簌地颤动起来。她伸手将了将头发,然后,由于没能称自己的心意理好头发,又一次伸起手来,动作那么连贯而从容,我心想她这是要醒了,其实不然;她睡意正浓,又安静下来不动了。而且此后她一直没再动弹。她那只手搁在胸前,胳膊孩子气地垂在肋间,瞧着这模样,我差点儿笑出声来,这种一本正经的、天真无邪的可爱神气,是我们在年幼的孩子身上常能见到的。①

虽然,波伏娃指出,普鲁斯特的这段描写的态度"无论如

---

① 〔法〕马塞尔·普鲁斯特:《追忆似水年华》(第五卷),周克希、张小鲁、张寅德译,第65页。

何是男性的态度"，但她所言女性观望男友睡觉时的态度，确实并不适合宝钗①，我倒认为，普鲁斯特的描写是有普遍性的，波伏娃的意见有些偏驳。那么，宝钗是否像看"年幼的孩子"那样看此时的宝玉？我们不得而知，但相似的场景，或许可以给出答案，第三十四回，宝玉挨打后：

> 宝钗见他睁开眼说话，不像先时，心中也宽慰了好些，便点头叹道："早听人一句话，也不至今日。别说老太太、太太心疼，就是我们看着，心里也……"刚说了半句又忙咽住，自悔说的话急了，不觉的就红了脸，低下头来。宝玉听得这话如此亲切稠密，大有深意，忽见他又咽住不往下说，红了脸，低下头只管弄衣带，那一种娇羞怯怯，非可形容得出者，不觉心中大畅，将疼痛早丢在九霄云外……②

这是薛宝钗私己之情感的一次真实流露，是她的"自私"，欲言又止，是自爱，此种情感之迂回，似乎特别符

---

① 参见〔法〕西蒙娜·德·波伏娃《第二性》，郑克鲁译，第854~855页。
② 《红楼梦脂评汇校本》，第418~419页。

合男性眼中的理想型女性。宝玉"不觉心中大畅",或许一方面捕捉到了宝钗对他留情,一方面也在于她惯于在伦常中掩饰这种私己情感,迷离闪烁,更值珍重。

如果用弗洛伊德的理论构架来敷衍薛宝钗之人格,毋宁说,他人眼中自重的她是她的超我;以自爱原则关注着自己的她是她的自我,她的自我也像康德所说的那样,憧憬幸福,如黛玉、湘云看见的那幅景象,便是夫妻家居日常化的幸福;而在宝玉受挫或沉睡之时,急切地或默默地关注着他的那个自私的她才是她的本我。换句话说,薛宝钗这个形象的人格层次很丰富,自私(这个词在当代多含贬义,毋宁说"私己"更好,即隐蔽的情感)、自爱(并非满足于宠爱自己,而是自我恩惠、惠泽自己,使不受污染)、自重(让他人通过属于自己的价值的分享而同样庄严、敬重起来)三者合一,好像三角形的三条边构建最稳定的结构。进一步说,这样的人格体现了美好的德性,光与暗相得益彰,智慧与真情互通有无。

但如今所见之八十回文字,并未明确写出薛宝钗私己之真情的确定对象就是贾宝玉,这是曹雪芹的高妙之处,薛宝钗或许怀着一般少女的本来的冲动,只不过流露在宝玉身上而已。闺中少女自春机发陈时起,心里就不时琢磨着将来婚嫁中理想的男子。那么当然,宝钗也不会不愿意

嫁给宝玉。但她不会去谋取,她将等待,或出于救抚宝玉而与之成婚。霭理士曾言:

> ……从事婚姻的人大都有一种很高的理想,并且都切心于实现这种理想,唯其这种理想不容易实现,才发生不满与失望的反应;这是一个好现象,事实上婚姻是一个造诣的历程,一个需不断努力攀登的历程。①

> 婚姻已经至少有三个方面……一是身体的关系;二是精神的关系;三是一种建筑在共同生活上的人事关系。②

> ……婚姻关系绝非寻常的人事关系可比,其深刻处,可以穿透两个人的人格,教他们发生最密切的精神上的接触以至于混化……③

除却宝玉、宝钗彼此身体关系之爱慕,姨表姐弟之共同生活的人事关系(共筑联姻之后的家族利益)之外,剩下的就是精神关系了,然而这最关键的一层,在八十回中却

---

① 〔英〕霭理士:《性心理学》,潘光旦译注,第376页。
② 〔英〕霭理士:《性心理学》,潘光旦译注,第377页。
③ 〔英〕霭理士:《性心理学》,潘光旦译注,第381~382页。

并未特别显露。可是只有在这样的婚姻视角下，我们才会明白并佩服曹雪芹为薛宝钗所下的判词——"可叹停机德"！借《后汉书》"乐羊子妻"故事，比喻薛宝钗不断攀登，在精神上提契两人之人格，使其融洽无间的努力。

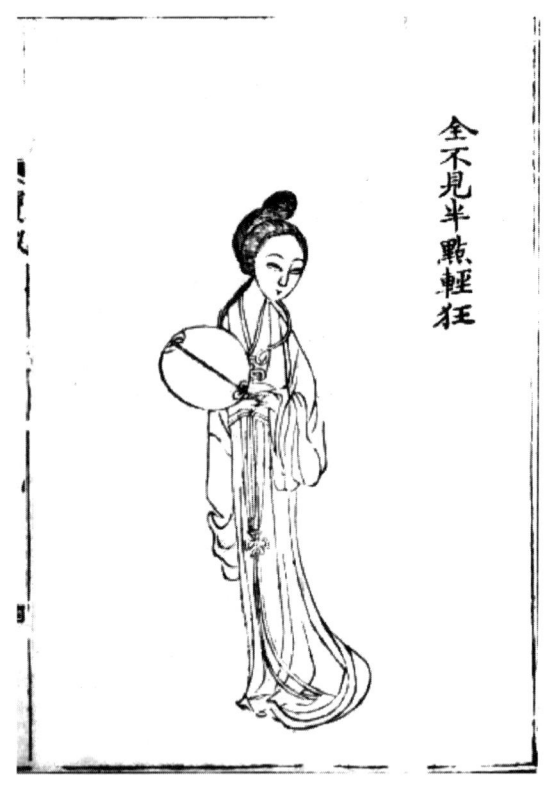

道光十二年王希廉评本之宝钗像

薛宝钗与林黛玉，在第五回的判词中被揉进同一首诗，即看官津津乐道的"可叹停机德，堪怜咏絮才"，人们历来明白，曹雪芹之用意在于钗黛合传。第四十二回庚辰本回前批语："钗、玉名虽二个，人却一身，此幻笔也。今书至三十八回时，已过三分之一有馀，故写是回，使二人合而为一。请看黛玉逝后宝钗之文字，便知余言不谬矣。"——这是脂评人或作者透露的最重要的信息之一：林黛玉早卒，林黛玉与贾宝玉爱情的远景，在贾宝玉与宝钗的共同生活里延续共筑。张爱玲据此也断言："钗黛根本是一个人，没有敌对的形势。"①

让我们设想宝钗、宝玉婚后，二人念及黛玉生前，说起他们共同的追忆，宝钗不会不对宝玉道出一腔肺腑，应是十足哀怜感人的话，但又坚定可信。我们虽不知她会说些什么，但大致不会超出歌德在其小说《亲和力》中叙述的那样：

……当她看到他眼里不时地涌出伤心的泪水，他似乎完全沉浸于悲痛而不能自拔的时候，她对他讲话了。她的话讲得真实而有力，恳切而自信，使他②不

---

① 张爱玲：《红楼梦魇》，第134页。
② 原文为"建筑师"，小说中的角色。这里对"他"讲话的"她"是与死去的女主人公最亲熟的一个女孩子，在女主人公逝去后，她也经历了死而复生的变化。

五　瑶天星月入红楼：袭人与薛、林的真情实性

禁对她讲话的流利感到惊异；他抑制住自己的悲痛，这时，他那在超乎尘世的世界里活着和工作着的美丽女友①好像就出现在他的眼前。他的眼泪干了，他的痛苦减轻了……②

——试问：除了宝钗，还有谁能抚慰贾宝玉失去林黛玉的痛苦？

薛宝钗的人格中包含着值得辨正的一些命题：德性是否允许包含肉身之欲望或对私己幸福的渴望？当人们不负责任地认定薛宝钗是封建卫道士的时候，是否考虑过少女本应具有的心理？爱惜德性的人是不是就是卫道士？自爱难道就是否定意义的自私吗？薛宝钗并没有虚伪的面纱，因为在德性与追求幸福的欲望之间允许存在某种调协性。康德告诉我们说：

> 交往中的一切人类德性都是辅币，把它们当作真金的人就是小孩子。——但是，在流通中有辅币毕竟

---

① 晴雯死后，贾宝玉认为她做了专门司掌芙蓉花的花神，可谓"在超乎尘世的世界里活着和工作着"，并作《芙蓉女儿诔》追悼她。庚辰本夹批：又当知虽诔晴雯而又实诔黛玉也。
② 〔德〕歌德：《少年维特的烦恼 亲和力》，杨武能、朱雁冰译，人民出版社，1995，第385页。

比根本没有这样的手段更好，而且即使有明显的耗损，这种手段最终毕竟能够兑换成现金。把它们说成是根本没有任何价值的纯粹筹码①……为的是阻止任何一个人相信德性，这就是一种对人性犯下的叛逆罪。甚至别人身上的善的外表，对我们来说也必定是有价值的，因为用争取也许本来不配的敬重的那些伪装来游戏，最后也能够成为认真的。——只是在我们自己里面的善的外表必须毫不留情地去掉，自爱用来掩盖我们道德缺陷的面纱必须撕掉……②

另外，康德还指出：

> 庄重（pudicitia）这种掩饰情欲的自我强制，毕竟作为幻觉是很有益的，这为的是在两性之间造成必要的距离，以免把一方贬低成另一方的纯然享乐工具。——总的说来，被人们称为得体的一切，都具有同样的性质，即无非是美的外表。③

薛宝钗对待贾宝玉即是这样。人们可以说宝钗在交往中使

---

① 即类似假币。
② 〔德〕康德：《实用人类学》，李秋零译，第145页。
③ 〔德〕康德：《实用人类学》，李秋零译，第145页。

用德性作为辅币，但无法指责她使用筹码或假币，也可以说她的善只不过是幻觉、外表，但也不能否认这外表的美。这就是薛宝钗，这也是人性。

薛宝钗的人格是真实的。她最真实的话说给林黛玉，第四十二回：

> 你当我是谁，我也是个淘气的。从小七八岁上也够个人缠的。我们家也算是个读书人家，祖父手里也爱藏书。先时人口多，姊妹弟兄都在一处，都怕看正经书。弟兄们也有爱诗的，也有爱词的，诸如这些《西厢》《琵琶》以及"元人百种"，无所不有。他们是偷背着我们看，我们却也偷背着他们看。后来大人知道了，打的打，骂的骂，烧的烧，才丢开了。所以咱们女孩儿家不认得字的倒好。男人们读书不明理，尚且不如不读书的好，何况你我。就连作诗写字等事，原不是你我分内之事，究竟也不是男人分内之事。男人们读书明理，辅国治民，这便好了。只是如今并不听见有这样的人，读了书倒更坏了。这是书误了他，可惜他也把书遭塌了，所以竟不如耕种买卖，倒没有什么大害处。①

---

① 《红楼梦脂评汇校本》，第512页。

这段话不仅分出了宝钗的本我（"七八岁上也够个人缠的"）与超我（"咱们女孩儿家不认得字的倒好"），还分出了男与女之生存境遇，以及现实与真实：真实的是"读书明理"，现实中却是"读了书倒更坏了"。她担心黛玉在读书上偏了性情，以致伤身，后来有给黛玉送燕窝的事，她们因此结为"金兰之契"，钗黛合一。

小时候的薛宝钗"是个淘气的"，与她生而带来的体热有关，即第七回叙述冷香丸来历一节所道出："他说我这是从胎里带来的一股热毒，幸而我先天结壮，还不相干。"[①] 她能节制它、调服它，故而形成庄重之德性。在体质方面，曹雪芹写宝钗怯热，黛玉怕寒，也是有所对应的。薛宝钗胸中有大丘壑，面子情儿上懂得顺其自然，如她所说，作诗写字"原不是你我分内之事"，故而姊妹们作诗联句时，她皆应景随喜——不像林黛玉、史湘云那般偏爱，甚至有些如痴如狂——只有一首《螃蟹咏》（第三十八回）是薛宝钗主动作的，"众人看毕，都说这是食螃蟹绝唱，这些小题目，原要寓大意才算是大才，只是讽刺世人太毒了些"[②]，诗的尾联"于今落釜成何益，月浦空

---

① 《红楼梦脂评汇校本》，第93页。
② 《红楼梦脂评汇校本》，第474页。

馀禾黍香",与她所说"可惜他也把书遭塌了,所以竟不如耕种买卖"的话如出一辙,可证宝钗表里如一。

## 3. 黛玉之真

前文曾提及,《红楼梦》是中国第一本写现代意义上的爱情的书。为什么这么说?原因在于中国文学在爱恋方面的书写总以表达"相思"为主,而涉及"爱情"(romantic love)的,寥若晨星,曹雪芹的创作是最原初也最接近现代人所理解的爱情的,即关于贾宝玉与林黛玉的感情。爱情与相思之本源上的差异,是由潘光旦先生在翻译《性心理学》时澄清的,我认为这个思想相当重要:

> 我们现在用的恋爱二字,已经是后来的假借,恋爱二字并用而成词,更是近年来才流行。《说文》爱原作㤅,经传都以爱为之,而㤅字遂废。爱字最初训惠、训仁、训慕,并不专用于性爱的方面。《诗经·国风》中多男女相悦之词,但遍索的结果,只找到两个爱字和性爱有关,一是《静女》的"爱而不见,搔首踟蹰",二是《将仲子》的三句相同的"岂敢爱之"?《国策》中的《齐策》"有与君之夫人相爱者"

一语中的爱显然是性爱之爱，但注里说，爱犹通也。孟子提到过："昔者大王好色，爱厥妃。"总之，爱当性爱用，在最初大概是很不普通的，偶一用到，也没有多大特殊的意义，更说不上意义中有多少精神的成分。……

《诗经》的《国风》，不用说是最富有性爱情绪的一部文献，而恋爱的概念却始终不曾有过清切的表示，这是很可以惊异的。不过《国风》有两个用得比较多的字，比爱字恋字要普通得多，我以为倒很有几分恋爱的意味。第一个是"怀"字，如《卷耳》的"嗟我怀人"及"维以不永怀"；《野有死麕》的"有女怀春，吉士诱之"；《终风》的"愿言则怀"；《雄雉》的"我之怀矣，自诒伊阻"；《载驰》的"女子善怀"；《将仲子》的三句"仲可怀也"。第二个是"思"字。如《汉广》的"汉有游女，不可求思"；《桑中》的三句"云谁之思"；《伯兮》的"愿言思伯，甘心首疾"与"愿言思伯，使我心痗"；《褰裳》的"子惠思我"与"子不我思"。《东门之墠》的"岂不尔思？子不我即"；《子衿》的"悠悠我思"；《出其东门》的"匪我思存……聊乐我员"与"匪我思且……聊可与娱"。《伯兮》与《出其东门》二诗里的几个思字,最足以表示真正的恋爱的情绪。……

《诗·国风》中所开辟的这个思字的用法,到了后世,也还继续地发展。《方言》十,凡言相怜爱,江滨谓之思,其实我们根据《国风》立论,思字的这个用法并不限于江滨,我们见到的是《郑风》里最多,但卫、鄘、周代的王畿等地也有。……后来的诗人喜欢用"闺思"一类的题目,描绘"思妇"的情态。由此再进一步,便成不大健全的感伤主义的情绪状态了。《文选》张华《励志诗》的"吉士思秋",注:悲也。好比《淮南子》所说,"春女悲,秋士哀",那思字就等于悲或哀了。曹植《七哀诗》亦有"上有愁思妇,悲叹有余哀"之句。《诗序》上所说"亡国之音哀以思"的思字,也就是这样一个思字。所以就中国文字的源流而言,最接近西洋所称 romantic love 的字,不是"恋"不是"爱",而是"思"或后世惯用的"相思"。①

潘先生的原注很长,这里仅是节录。相思与爱情虽可接

---

① 〔英〕霭理士:《性心理学》,潘光旦译注,第450~451页。

近，然二者之不同又在哪里呢？

以杜丽娘与林黛玉为例。杜丽娘是在梦中见到爱恋对象的，起初只是一个男子形象之虚构，却令她陷入了不可自持的相思中。《牡丹亭·寻梦》对此心理的刻画殊为细腻：

【嘉庆子】是谁家少俊来近远，敢迤逗这香闺去沁园？话到其间腼腆。他捏这眼，奈烦也天；咱嗽这口，待酬言。

【尹令】那书生可意呵，咱不是前生爱眷，又素乏平生半面。则道来生出现，乍便今生梦见。生就个书生，恰恰生生抱咱去眠。①

这是写与爱人梦中相会时的惊喜和喜悦。

【月上海棠】怎赚骗，依稀想像人儿见。那来时荏苒，去也迁延。非远，那雨迹云踪才一转，敢依花傍柳还重现。昨日今朝，眼下心前，阳台一座登时变。②

---

① 《王思任批评本牡丹亭》，第33~34页。
② 《王思任批评本牡丹亭》，第34页。

这是写梦中人去，原来只不过一场想象，却依依留恋中，现实失色。

【川拨棹】……一时间望，一时间望眼连天，忽忽地伤心自怜。知怎生情怅然，知怎生泪暗悬？

【前腔】春归人面，整相看无一言。我待要折，我待要折的那柳枝儿问天。我如今悔，我如今悔不与题笺。……①

最后写相思之人伤心自怜，悔不当初。相思是一种非常私人化的情感体验，虽存有上述心理生成之客观步骤，但前提一定是在对象缺场的状况下。出于爱的所有情愫，都与此相似，可以说，凡爱的活动，都能够在没有现实对象的情形下独立地追求、完成。与恨不同——没有具体的对象，人是恨不起来的。只不过相思带着种种留恋与伤感，但相思或者爱的情愫的高贵性即在此。杜丽娘甚至因为相思而夭亡，以身殉情，虽然没有实际的对象。

但是林黛玉的爱情（romantic love）与之不同，它是在与贾宝玉实际生活之过程中逐渐被体验的，私己性不彰

---

① 《王思任批评本牡丹亭》，第36页。

明，交互性更突出。简言之，曹雪芹所写的爱情故事不是单纯发生在主体的情感体验中的，而更强调它的交互主体性、主体－间性（inter-subjectivity）。

我以第十九回、第二十三回、第三十二回为例，说明宝黛爱情的阶段发展。

第十九回"意绵绵静日玉生香"中，宝玉黛玉固有肢体接触：

> 宝玉道："我也歪着。"黛玉道："你就歪着。"宝玉道："没有枕头，咱们在一个枕头上。"黛玉道："放屁！外头不是枕头？拿一个来枕着。"……说着，将自己枕的推与宝玉，又起身将自己的再拿了一个来，自己枕了，二人对面倒下。
>
> 黛玉因看见宝玉左边腮上有钮扣大小的一块血渍，便欠身凑近前来，以手抚之细看，又道："这又是谁的指甲刮破了？"宝玉侧身，一面躲，一面笑道："不是刮的，只怕是才刚替他们淘漉胭脂膏子，蹭上了一点儿。"说着，便找手帕子要揩拭。黛玉便用自己的手帕子替他揩拭了……
>
> ……
>
> 宝玉笑道："凡我说上一句，你就拉上这么些，

不给你个利害，也不知道，从今儿可不饶你了。"说着翻身起来，将两只手呵了两口，便伸手向黛玉膈肢窝内两胁下乱挠。黛玉素性触痒不禁，宝玉两手伸来乱挠，便笑的喘不过气来，口里说："宝玉！你再闹，我就恼了。"①

前文曾提及宝玉对女儿没有非分之想，此节是一明证。看官们似乎眼见这两个没有情欲的小儿，虽男女有别，却亲近地让人们忘记了这一点，只想看着他们嬉闹玩耍，所谓"意绵绵"也。

第二十三回"牡丹亭艳曲警芳心"对于塑造林黛玉个性及感情的成长颇为重要。她与贾宝玉共读《西厢记》后，两人各自分开：

> 正欲回房，刚走到梨香院墙角上，只听墙内笛韵悠扬，歌声婉转。……偶然两句吹到耳内，明明白白，一字不落，唱道是："原来姹紫嫣红开遍，似这般都付与断井颓垣。"林黛玉听了，倒也十分感慨缠绵，便止住步侧耳细听，又听唱道是："良辰美景奈何天，赏心乐事谁家院。"听了这两句，不觉点头自

---

① 《红楼梦脂评汇校本》，第247~248页。

**光绪五年改琦《红楼梦图咏》之黛玉像**

叹,心下自思道:"原来戏上也有好文章。可惜世人只知看戏,未必能领略这其中的趣味。"想毕,又后悔不该胡想,耽误了听曲子。又侧耳时,只听唱道:"则为你如花美眷,似水流年……"林黛玉听了这两句,不觉心动神摇。又听到"你在幽闺自怜"等句,亦发如醉如痴,站立不住,便一蹲身坐在一块山子石上，细嚼"如花美眷，似水流年"八个字的滋味。忽又想起前日见古人诗中有"水流花谢两无情"之句，再又有词中有"流水落花春去也，天上人间"之句，又兼方才所见《西厢记》中"花落水流红，闲愁万种"之句，都一时想起来，凑聚在一处。仔细忖度，不觉心痛神痴，眼中落泪。①

这段描写如此入微，对听到哪句唱词，心中产生怎样变化，都娓娓道来。难道只是为了写曲词精彩？黛玉对它有出众的鉴赏力？非也！这是曹雪芹在描写林黛玉"情窦初开"！——"如花美眷，似水流年"八个字的威力太大了，写出了少女自矜、自怜的心态，又无法对抗时间的无奈，这八个字是杜丽娘的梦中情郎对她说的话，竟然如此心有灵犀，竟然天上人间还有懂得那万种闲愁的伙伴！《牡丹亭》唱词竟然让林黛玉"心动神摇""如醉如痴"，甚至"站立不住""眼中落泪"！她对男女之情的最初体会就是从这里的文章、文字上来的。纵然以前读过那么多诗句，却还没有发酵成她本己的情感，"如花美眷，似水流年"却像一把钥匙，打开了林黛玉的心闸，刹那间释放

---

① 《红楼梦脂评汇校本》，第298页。

出全部的感情力量，无以复加。庚辰本回后批语说：前以《会真记》① 文，后以《牡丹亭》曲，加以有情有景销魂落魄诗词，总是急于令颦儿②种病根也。——何种病根？情窦、情关也。难怪薛宝钗劝其不以诗词为事，致使林黛玉心底暗服。她的情感启蒙者是杜丽娘，所谓"警芳心"之"警"，唤醒也！

第三十二回，"诉肺腑心迷活宝玉"，是宝黛二人第一次表白，黛玉因金麒麟来到怡红院：

> 因此心下忖度着，近日宝玉弄来的外传野史，多半才子佳人都因小巧玩物上撮合，或有鸳鸯，或有凤凰，或玉环金珮，或鲛帕鸾绦，皆由小物而遂终身。今忽见宝玉亦有麒麟，便恐借此生隙，同史湘云也做出那些风流佳事来。因而悄悄走来，见机行事，以察二人之意。不想刚走来，正听见史湘云说经济一事，宝玉又说："林妹妹不说这样混账话，若说这话，我也和他生分了。"林黛玉听了这话，不觉又喜又惊，又悲又叹。所喜者，果然自己眼力不错，素日认他是个知己，果然是个知己。所惊者，他在人前一片私心

---

① 《西厢记》之别称。
② 林黛玉表字为"颦"。

称扬于我，其亲热厚密，竟不避嫌疑。所叹者，你既为我之知己，自然我亦可为你之知己矣；既你我为知己，则又何必有金玉之论哉；既有金玉之论，亦该你我有之，则又何必来一宝钗哉！所悲者，父母早逝，虽有铭心刻骨之言，无人为我主张。况近日每觉神思恍惚，病已渐成，医者更云气弱血亏，恐致劳怯之症。你我虽为知己，但恐自不能久待；你纵为我知己，奈我薄命何！想到此间，不禁滚下泪来。待进去相见，自觉无味，便一面拭泪，一面抽身回去了。

这里宝玉忙忙的穿了衣裳出来，忽见林黛玉在前面慢慢的走着，似有拭泪之状，便忙赶上来……一面说，一面禁不住抬起手来替他拭泪。林黛玉忙向后退了几步，说道："你又要死了！作什么动手动脚的！"宝玉笑道："说话忘了情，不觉的动了手，也就顾不的死活。"林黛玉道："你死了倒不值什么，只是丢下了什么金，又是什么麒麟，可怎么样呢？"一句话又把宝玉说急了……遂自悔自己又说造次了，忙笑道："你别着急，我原说错了。这有什么的，筋都暴起来，急的一脸汗。"一面说，一面禁不住近前伸手替他拭面上的汗。

宝玉瞅了半天，方说道"你放心"三个字。林黛玉听了,怔了半天,方说道:"我有什么不放心的?我不明白这话。你倒说说怎么放心不放心?"宝玉叹了一口气,问道:"你果不明白这话?难道我素日在你身上的心都用错了?连你的意思若体贴不着,就难怪你天天为我生气了。"……

林黛玉听了这话,如轰雷掣电,细细思之,竟比自己肺腑中掏出来的还觉恳切,竟有万句言语,满心要说,只是半个字也不能吐,却怔怔的望着他。此时宝玉心中也有万句言语,不知从那一句上说起,却也怔怔的望着黛玉。两个人怔了半天,林黛玉只"咳"了一声,两眼不觉滚下泪来,回身便要走。宝玉忙上前拉住,说道:"好妹妹,且略站住,我说一句话再走。"林黛玉一面拭泪,一面将手推开,说道:"有什么可说的。你的话我早知道了!"口里说着,却头也不回竟去了。①

这一回中二人已经因为肢体接触而避嫌了,曹雪芹写了两句"一面说,一面禁不住……",一个为她拭泪,一个为他拭汗,情已不能自禁。林黛玉本由不放心而来,待到宝

---

① 《红楼梦脂评汇校本》,第404~405页。

玉说出"你放心"三个字,却怔住了,一时间没明白这句表白心迹的话,可是当宝玉再要说一句话的时候,她却说他的话她早就知道了。何以知道?即在于"你我为知己"!贾宝玉对林黛玉表白的话只有三个字,不是今天人们惯说的"我爱你",只囫囵地说"你放心",却让黛玉"如轰雷掣电"。"你放心"三个字何其熨帖,宝玉之忘情、体贴,日日夜夜都在黛玉身上,直待要说出来的千言万语,都在嘴边,却说不出来,千钧力量只在三个字上,回目中所谓"诉肺腑"。

如果袭人被认为是贾宝玉潜在的合作者,林黛玉则是他现实中的唯一知己。何谓知己?即在现实中,那个共享同一种真实的人。曹雪芹写贾宝玉,"或如宝钗辈有时见机导劝,反生气起来……独有林黛玉自幼不曾劝他去立身扬名等语,所以深敬黛玉"[1];宝玉挨了打,宝钗看望他时欲言又止"就是我们看着,心里也(疼)……",而黛玉看望时,宝玉又说出"你放心"三个字。

> 此时林黛玉虽不是嚎啕大哭,然越是这等无声之泣,气噎喉堵,更觉得利害……心中虽然有万句言词,

---

[1] 《红楼梦脂评汇校本》,第440~441页。

> 只是不能说得，半日，方抽抽噎噎的说道："你从此可都改了罢！"宝玉听说，便长叹一声，道："你放心，别说这样话。就便为这些人死了，也是情愿的！"①

他们的心放在一处，他们二人共同的真实就是认定在这个世间，情重于一切，而情乃在于通达于人，保护所有纯情之人。脂评人透露曹雪芹创作的终曲会落在一张"情榜"上，与贾宝玉存在情之瓜葛的名讳（或芳讳，但其实不一定都是女性）均列于榜中，我们现在只知道，贾宝玉在情榜上被赋予"情不情"三个字，表明他忘情、意淫之禀性，而赋予林黛玉的则是"情情"二字，这两个美好的表达，其首字"情"皆为动词，即体贴、通达、保护之意。知己何为？莫非如此。

有人曾问我："既然贾宝玉与林黛玉互为知己，为什么他们却不能在一起？"我答道："曹雪芹已写下答案，那就是'不虞之隙，求全之毁'。"这两句话出自第五回，但是更具体的叙述则在第二十九回：

> 原来那宝玉自幼生成一种下流痴病，况从幼时和黛玉耳鬓厮磨，心情相对；及如今稍明时事，又看了

---

① 《红楼梦脂评汇校本》，第420页。

> 那些邪书僻传，凡远亲近友之家所见的那些闺英闱秀，皆未有稍及林黛玉者，所以早存了一段心事，只不好说出来，故每每或喜或怒，变尽法子暗中试探。那林黛玉偏生也是个有些痴病的，也每用假情试探。因此你也将真心真意瞒了起来，只用假意，我也将真心真意瞒了起来，只用假意，如此两假相逢，终有一真。其间琐琐碎碎，难保不有口角之争。……
>
> 看来两个人原本是一个心，但都多生了枝叶，反弄成两个心了。……如此看来，却都是求近之心，反弄成疏远之意。①

知己固然不错，无奈他二人都在"爱情"之中，爱情之情相较于知己之情，总会有枝枝蔓蔓、遮遮掩掩，正如普鲁斯特所说：

> 恋人在最盲目的时候仍有洞察力，其表现形式正是偏爱和柔情，所以在爱情上无所谓选择不当，因为一旦进行了选择，选择总是不当的。②

---

① 《红楼梦脂评汇校本》，第379页。
② 〔法〕马塞尔·普鲁斯特：《追忆似水年华》（第六卷），刘方、陆秉慧译，第184页。

曹雪芹从局外人的角度对宝黛爱情的分析与普鲁斯特所说的话，意义完全相同，可见他的创作是多么具有现代感。据此，可以不怀疑地说，他是第一位在中国文学史上写下了爱情之交互性的作家。此种爱情的交互性描写具有文学故事上的独立性，如张爱玲所说："等到宝黛的故事有了它自己的生命，爱情不论时代，都有一种排他性。"①

明白了以上这一点，才能深刻理解林黛玉之人格。前文提到过，在"梦的文学"的源流中，庄子为其滥觞，汤显祖树立了榜样，而到了《红楼梦》乃集大成。根据作者本人和脂评人透露的消息，曹雪芹衷心佩服的先贤文豪莫非庄、汤。看官熟知的是，贾宝玉与林黛玉还未成为红楼人物之先，就在第一回中出场了，同出于甄士隐的"梦"，即述说二人之前身，神瑛侍者与绛珠仙草，也因此有了林黛玉为贾宝玉"还泪"之说："他是甘露之惠，我并无此水可还。他既下世为人，我也去下世为人，但把我一生所有的眼泪还他，也偿还得过他了。"② 甲戌本侧批："观者至此，请掩卷思想，历来小说可曾有此句？千古未闻之奇文。"——所以，这也是《红楼梦》最精彩的

---

① 张爱玲：《红楼梦魇》，第246页。
② 《红楼梦脂评汇校本》，第9页。

"幻笔"之一。读者以为较庄子"蝶梦"之语何如？真真假假，虚虚实实。置言之，贾宝玉与林黛玉皆出自梦境。

为使黛玉还泪，故写她身世可悲，父母早亡，被托孤于宾，寄人篱下。虽然史湘云劝慰她，劝她少些泪光与伤感，说："你是个明白人，何必作此形像自苦。我也和你一样，我就不似你这样心窄。何况你又多病，还不自己保养。"① 然而，湘云天生体健，而黛玉形弱，弱并孤，体质难禁，自然缠绵不解，此其一；另，曹雪芹之刻画意图中，黛玉之灵性远在其他女儿之上，湘云之才虽也可与黛玉比肩，而湘云之才在敏捷，灵性之纯化却非林黛玉莫属，此其二。也就是说，林黛玉是所有人物中，灵性与诗性的唯一共同化身。命运之悲、还泪之言，只是这个人物的背景，她的灵性与诗性为"梦的文学"之一点醍醐。

第八回写宝、黛、钗齐聚梨香院，是三人情感对峙的开端，黛玉之灵性于此回着力刻画中可见一斑。林黛玉见贾宝玉来探望薛宝钗，笑道："早知他来，我就不来了。""要来时一群都来，要不来一个也不来，今儿他来了，明儿我再来，如此间错开了来着，岂不天天有人来了？也不

---

① 《红楼梦脂评汇校本》，第921页。

至于太冷落，也不至于太热闹了。"① 甲戌本夹批：吾不知颦儿以何物为心为齿，为口为舌，实不知心中有何丘壑。——看官或以为林黛玉这里对自己的酸意强为辩解，脂评人却认为林黛玉心有丘壑，莫不如让我们再看看第三十一回所述之心理分析：

> 林黛玉天性喜散不喜聚。他想的也有个道理，他说："人有聚就有散，聚时欢喜，到散时岂不清冷？既清冷则生伤感，所以不如倒是不聚的好。比如那花开时令人爱慕，谢时则增惆怅，所以倒是不开的好。"故此人以为喜之时，他反以为悲。那宝玉的情性只愿常聚，生怕一时散了添悲；那花只愿常开，生怕一时谢了没趣；只到筵散花谢，虽有万种悲伤，也就无可如何了。②

所以，焉知黛玉一进门说的这话不是反讽宝玉喜聚的心理？她自己又用一番话代为解释开，既与她天性喜散不喜聚的心理一致，又讲得风趣，不至于让宝玉难堪，这一句"早知他来，我就不来了"，三声回响，连着带起了宝、

---

① 《红楼梦脂评汇校本》，第112页。
② 《红楼梦脂评汇校本》，第392页。

钗、黛的心理微澜，岂不妙哉？故脂评人用"丘壑"一语彰其空谷传声，是再恰如其分不过的了。

回到第八回，薛宝钗劝贾宝玉不要饮冷酒：

> 宝钗笑道："宝兄弟，亏你每日家杂学旁收的，难道就不知道酒性最热，若热吃下去，发散的就快，若冷吃下去，便凝结在内，以五脏去暖他，岂不受害？从此还不快不要吃那冷的呢。"宝玉听这话有情理，便放下冷的，命人暖来方饮。
>
> 黛玉磕着瓜子儿，只抿着嘴笑。可巧黛玉的小丫鬟雪雁走来，与黛玉送小手炉来，黛玉因含笑问他说："谁叫你送来的？难为他费心，那里就冷死了我！"雪雁道："紫鹃姐姐怕姑娘冷，使我送来的。"黛玉一面接了，抱在怀中，笑道："也亏你倒听他的话。我平日和你说的，全当耳旁风，怎么他说了你就依，比圣旨还快呢！"①

看来，黛玉也曾劝过宝玉不要饮冷酒。看官在这里容易误会林黛玉拈酸吃醋，而甲戌本夹批：要知尤物方如此，莫作世俗中一味酸妒狮吼辈看去。——这里为什么说林黛玉

---

① 《红楼梦脂评汇校本》，第113页。

是可人的尤物？有什么道理？我们不妨再看看第四十四回中相似的段落，贾宝玉因为郊祭金钏，迟赴了王熙凤的生日宴，全家焦急等待，待他回家入席时：

> 话说众人看演《荆钗记》，宝玉和姐妹一处坐着。林黛玉因看到《男祭》这一出上，便和宝钗说道："这王十朋也不通的很，不管在那里祭一祭罢了，必定跑到江边子上来作什么！俗语说'睹物思人'，天下的水总归一源，不拘那里的水舀一碗看着哭去，也就尽情了。"宝钗不答。宝玉回头要热酒敬凤姐儿。①

此处也有"热酒"两个字，不知是巧合，还是曹雪芹的细心，但如同第八回一样，林黛玉的话只有宝钗、宝玉听得明白。昆曲《荆钗记·男祭》是传统剧目，至今未绝于舞台，冠生、老旦唱段均半，王十朋即冠生应工之角色，故事讲述王十朋在江边祭奠他以为投江殉身的妻子。林黛玉在这里是苛责贾宝玉不应让家里人对他如此担心。与第八回相同的是，这位"尤物"皆由借物、借景来表达心中所想，前暖炉，后戏文，皆顺手拈来，无所滞碍，

---

① 《红楼梦脂评汇校本》，第529页。

五　瑶天星月入红楼：袭人与薛、林的真情实性

透出她灵魂中的灵动。

再回到第八回。贾宝玉的乳娘李嬷嬷怕他吃酒吃多了,她自己被牵连受罚,就不许他多吃,扫了宝玉的兴,黛玉却维护宝玉:

> 那李嬷嬷也素知黛玉的,因说道:"林姐儿,你不要助着他了。你倒劝劝他,只怕他还听些。"林黛玉冷笑道:"我为什么助着他?我也犯不着劝他。你这个妈妈太小心了,往常老太太又给他酒吃,如今在姨妈①这里多吃一杯,料也不妨事。必定姨妈这里是外人,不当在这里的也未可知。"李嬷嬷听了,又是急,又是笑,说道:"真真这林姑娘,说出一句话来,比刀子还尖。这算了什么呢。"宝钗也忍不住笑着,把黛玉腮上一拧,说道:"真真这个颦丫头的一张嘴,叫人恨又不是,喜欢又不是。"②

《红楼梦》的语言艺术登峰造极,主要通过人物对话表现,会说话的人物其实却不算多,除了王熙凤,还有林黛玉、贾探春、晴雯等。国人往往也把"会说话"当作人

---

① 指薛姨妈,这时薛姨妈与薛宝钗共居梨香院中。
② 《红楼梦脂评汇校本》,第114~115页。

的品性之一。当然，黛玉的"会说话"不是顺从着说、逢迎着说，而是在话语中挑开事故或者复现形象，懂得语言的艺术，如果说像一把"刀子"，也可能是一把雕刻刀。比如第四十二回描写刘姥姥游过大观园后，随口一句玩笑，给贾惜春带来一项任务，即画园子。

> 黛玉笑道："都是老太太昨儿一句话，又叫他画什么园子图儿，惹得他乐得告假了。"探春笑道："也别要怪老太太，都是刘姥姥一句话。"林黛玉忙笑道："可是呢，都是他一句话。他是那一门子的姥姥，直叫他是个'母蝗虫'就是了。"说着大家都笑起来。宝钗笑道："世上的话，到了凤丫头嘴里也就尽了。幸而凤丫头不认得字，不大通，不过一概是市俗取笑。更有颦儿这促狭嘴，他用'春秋'的法子，将市俗的粗话，撮其要，删其繁，再加润色比方出来，一句是一句。这'母蝗虫'三字，把昨儿那些形景都现出来了。亏他想的倒也快。"[1]

撮其要、删其繁、润色、比方、一句是一句，不就像雕刻师用刀的法则吗？看官或许会认为林黛玉没有"口德"，

---

[1] 《红楼梦脂评汇校本》，第513页。

五 瑶天星月入红楼：袭人与薛、林的真情实性

嘲笑较低阶层的人，但林黛玉的形象并非"德性"所属，而是"灵性"，所以用代表德性的宝钗的话为她回护，让看官懂得林黛玉说话的价值，在她心里，连贾母的尊崇地位都不记得那么稳妥，所以用探春的话为其圆场"也别要怪老太太"。灵性越高的人，对现实越是趋于遗忘或不睬，只钟情于语言或艺术。

以第八回为中心，其他章回作辅证，用类似"互文"的方法指出了林黛玉的灵性所在。第一如空谷传声，第二如随景借物，第三如雕琢打磨，都体现在她对语言使用的精巧上。这样的角色或人物是属于梦境的，只存真实，现实的成分越来越少。

旧时文人也捕捉到这一点，如清末的西园主人在《红楼梦论辩》"林黛玉论"中言："古未有儿女之情而知心小婢言不与私者"，"终身以礼自守，卒未闻半语私及同心，其爱之也愈深，其拒之也愈厉"。[1] 以杜丽娘为例，《牡丹亭·写真》中，她对贴身丫鬟春香道出了梦中情人："咱不瞒你，花园游玩之时，咱也有个人儿"。[2]《西厢记》中也有红娘。可是，林黛玉的紫鹃一向为黛玉打

---

[1] 《红楼梦资料汇编》，第198页。
[2] 《王思任批评本牡丹亭》，第41页。

算，乃至于"慧紫鹃情辞试忙玉"（第五十七回），而林黛玉却每每训责紫鹃，她的思虑、爱情从未向任何人透露过，她只认定真实中的知己，而不主动索求现实中的爱情。

宝黛爱情故事让人翻肠倒肚处，莫过于"情中情因情感妹妹"（第三十四回）之赠帕、题帕了。宝玉挨打后，怕黛玉过度伤心，托嘱晴雯送去两块日常用的旧手帕，用以拭泪：

> 这里林黛玉体贴出手帕子的意思来，不觉神魂驰荡：宝玉这番苦心，能领会我这番苦意，又令我可喜；我这番苦意，不知将来如何，又令我可悲；忽然好好的送两块旧帕子来，若不是领我深意，单看了这帕子，又令我可笑；再想令人私相传递与我，又可惧；我自己每每好哭，想来也无味，又令我可愧。如此左思右想，一时五内沸然炙起。黛玉由不得余意缠绵，令掌灯，也想不起嫌疑避讳等事，便向案上研磨蘸笔，便向那两块旧帕子上走笔写道……①

张爱玲对此评论道："人是健忘的动物，今人已经不大能

---

① 《红楼梦脂评汇校本》，第425页。

想像，以他们这样亲密的关系，派人送两条自己用的手帕，就是'私相传递'，严重得像坠儿把贾芸的手帕交给红玉——脂砚所谓'传奸'。"① 林黛玉此时五内交集，于外不顾避讳"传奸"，于内"不知病由此萌"，② 统统化作笔下的诗。可以说，如此这般知己的爱情，在她那里，也不过纯化为诗。

这一点颇似女诗人冯小青之心理际遇，故潘光旦评论冯小青的话对评论林黛玉也同样恰适不过：

> 普通女子于一己之情欲生活，秘不一宣，无此自知之明，亦无此率直与胆力也。小青独不然，彼于一己之情欲活动之方式，洵如前节所云，觉悟容有未尽，而于其情欲之强烈，则知之深而言之切；故曰，"艳思绮语，绪触纷来，正恐莲性虽胎，荷丝难杀"也。试思中国妇女史中与妇女作品中，果有几段类此之文字！非智力发达过人者，又曷克臻此？③

潘光旦所引诗句来自冯小青的《与杨夫人永诀书》，其中

---

① 张爱玲：《红楼梦魇》，第248页。
② 《红楼梦脂评汇校本》，第425页。
③ 潘光旦：《冯小青》，第69~70页。

"莲性"指佛性，即光明之性，与我前言林黛玉之灵性、诗性是《红楼梦》的"一点醍醐"之"醍醐"一语意同。这种光明之性也就是潘光旦先生所言之"智力发达过人"。所以，冯小青与林黛玉，或多数女诗人、女词人对自己的感情或爱情生活秘而不宣，不是因为"无此自知之明"，她们把它化成诗词，恰正是一种"率直与胆力"，这是她们的超卓之处。光明之性与诗性形成两股对抗的力量，虽然林黛玉也认为自己"每每好哭，想来也无味"，但也正是泪光使得她的感情有寄托之处，凝化成诗，就像冯小青所说"莲性虽胎，荷丝难杀"，又如潘先生所断言其"觉悟容有未尽"，而曹雪芹在这里也写道"黛玉由不得馀意缠绵"。难杀、未尽、缠绵者，诗也。

这是曹雪芹赋予林黛玉的"使命"。德国哲学家马丁·海德格尔（Martin Heidegger）在《诗歌》一文中这样说道：

> 为了充分地领悟诗歌，我们就必须与之亲熟。可是，真正与诗歌和作诗活动相亲熟的，惟有诗人。与诗歌相合的从诗歌而来的道说方式，只可能是诗人的道说。在诗人的道说中，诗人既不做关于诗歌的谈论，也不做从诗歌而来的谈论。诗人是诗意地表达诗

歌的诗性。不过，只有当诗人根据其诗歌的使命来诗意地表达，并且他诗意地表达的只是这种使命本身时，他才切中了诗歌的特性。①

脂评人说曹雪芹写这部小说为的是"传诗"，即小说像是金银的底子，而曹雪芹为这些角色创作的诗词才是镶在上面的琳琅珠宝，曹雪芹是把自己当作诗人来看的，难怪他最钟情刻画的，就是林黛玉，因为她切中了诗的诗性。

八十回《红楼梦》中，除去林黛玉所作其他多种体裁，如匾额（第十八回）、禅偈（第二十二回）、联句（第五十回）、酒令（第六十二回）、联诗（第七十六回），以及另有题贾宝玉续《庄子》文后诗一首（第二十一回）外，正式的诗作尚有17首，分别是：《葬花吟》（第二十七回）；《题帕三绝》三首（第三十四回）；《咏白海棠》（第三十七回）；《菊花诗》三首、《螃蟹咏》一首（第三十八回）；《秋窗风雨夕》（第四十五回）；《五美吟》五首（第六十四回）；诗《桃花行》、词《唐多令》各一首（第七十回）。她是大观园诸角色中作诗最多的，俨然一位"诗人"。

---

① 〔德〕海德格尔：《荷尔德林诗的阐释》，孙周兴译，商务印书馆，2000，第227~228页。

《红楼梦图册》绘本之《葬花赋》图,萧山青士沈谦作赋,同治十二年盛昱绘图

潘光旦在《女子作品与精神郁结》中研究过古代女诗人、女词人的诗歌特色:

> 读女子作品,每讶其辞意之消极,而未敢必其消极之程度也。五年前偶见近人毕振达选钞之清代女子诗馀,题

曰《销魂词》，都九十五家，为词二百三十四首。每阅一首，辄录其意涉消极之字或名词，并志其所见之频数。[①]

我受此种研究方式的启发，约略统计了林黛玉上述 17 首诗词中的主要诗歌意象，如下表。

**林黛玉诗词意象举例**

| | | |
|---|---|---|
| 花 | 《葬花吟》 | 花谢花飞飞满天，红消香断有谁怜？<br>游丝软系飘春榭，落絮轻沾扑绣帘。 |
| | 《桃花行》 | 桃花帘外东风软，桃花帘内晨妆懒。<br>帘外桃花帘内人，人与桃花隔不远。 |
| 女儿 | 《葬花吟》 | 闺中女儿惜春暮，愁绪满怀无释处。 |
| | 《五美吟·西施》 | 效颦莫笑东村女，头白溪边尚浣纱。 |
| | 《五美吟·昭君》 | 绝艳惊人出汉宫，红颜命薄古今同。 |
| 时迁 | 《葬花吟》 | 一年三百六十日，风刀霜剑严相逼。<br>明媚鲜妍能几时，一朝飘泊难寻觅。 |
| | 《咏白海棠》 | 娇羞默默同谁诉，倦倚西风夜已昏。 |
| | 《秋窗风雨夕》 | 秋花惨淡秋草黄，耿耿秋灯秋夜长。<br>已觉秋窗秋不尽，那堪风雨助凄凉！ |
| | 《桃花行》 | 憔悴花遮憔悴人，花飞人倦易黄昏。<br>一声杜宇春归尽，寂寞帘栊空月痕！ |
| | 《唐多令》 | 嫁与东风春不管，凭尔去，忍淹留。 |
| 魂 | 《葬花吟》 | 昨宵庭外悲歌发，知是花魂与鸟魂？<br>花魂鸟魂总难留，鸟自无言花自羞。 |
| | 《咏白海棠》 | 偷来梨蕊三分白，借得梅花一缕魂。 |

---

[①] 潘光旦:《冯小青》，第 127 页。

续表

| | | |
|---|---|---|
| 泪 | 《葬花吟》 | 独倚花锄泪暗洒,洒上空枝见血痕。 |
| | 《题帕三绝》三首 | ——(从略) |
| | 《秋窗风雨夕》 | 连宵脉脉复飕飕,灯前似伴离人泣。 |
| 死 | 《葬花吟》 | 尔今死去侬收葬,未卜侬身何日丧?<br>侬今葬花人笑痴,他年葬侬知是谁? |
| 诗 | 《咏菊》 | 无赖诗魔昏晓侵,绕篱欹石自沉音。<br>毫端蕴秀临霜写,口齿噙香对月吟。 |

所涉及的七种意象相互间虽然也有关联,花朵与女儿在时间迁延中衰老、死去(比如《葬花吟》:一朝春尽红颜老,花落人亡两不知!),但在诸诗句的表达中是较为相互独立的。我们也不难看出潘光旦所说古代女子诗词的"辞意之消极"。

在这所有诗作中,最能代表林黛玉性格及人格的是《葬花吟》,几乎所有意象都集中于这首诗。俞平伯有一篇奇文《唐六如与林黛玉》,经对比明代画家、诗人唐寅的诗集,发现《葬花吟》有很多句子脱胎于唐伯虎的诗文。兹引用两个段落,以显俞平伯先生之慧眼:

> 《红楼梦》中底十二钗,黛玉为首,而她底葬花一事,描写得尤为出力,为全书之精采。这是凡读过《红楼梦》的人,都有这个经验的。但他们却以为这

五 瑶天星月入红楼:袭人与薛、林的真情实性

是雪芹底创造的想象，或者是实有的经历，而不知道是有所本的。虽然，实际上确有其人其事，也尽可能；但葬花一事，无论如何，系受古人底暗示而来，不是"空中楼阁"，"平地楼台"。①

我约略翻阅了一遍《六如集》，举了几个上列的事例；如细细参较起来，恐怕还有些相似之处可以发见。只是一句两句，很微细的，也不必详举。总之，我们在大体上着想，已可以知道《红楼梦》虽是部奇书，却也不是劈空而来的奇书。它底有所因，有所本，并不足以损它底声价，反可以形成真的伟大。②

亦即，《红楼梦》中那么多诗词，以《葬花吟》为代表的这些作品，虽然冠以角色之名，却多为作者曹雪芹博览古今，泓涵演迤。③

不知读者有没有发现，我在前面所引用的文字，凡林

---

① 俞平伯：《红楼梦辨》，第 225 页。
② 俞平伯：《红楼梦辨》，第 227~228 页。
③ 余英时也指出过贾宝玉的《芙蓉女儿诔》"曾参考了阮籍的《大人先生传》，并且还在暗中袭用了《达庄论》"（《红楼梦的两个世界》，第 252 页）。

黛玉五内交集之处，即宝玉向黛玉表白、赠帕两段，对林黛玉的心理描写，曹雪芹都使用了第一人称——"我"，如"你既为我之知己""令人私相传递与我"，俨然作者与林黛玉合为一体，代林黛玉说话，这是《红楼梦》中极少见的现象，较为罕见的写法。诗人与诗性，既是林黛玉的特质，也是曹雪芹的归宿。作者借助小说中的角色为"我"道说。

脂评人也点出了小说与诗之接榫。第二十五回甲戌本夹批：余谓此书之妙，皆从诗词句中翻出者。兹举一例，此回中写道：

> 却说黛玉因见宝玉近日烫了脸，总不出门，倒时常在一处说说话儿。这日饭后看了二三篇书，自觉无味，便同紫鹃、雪雁做了一回针线，更觉得烦闷。便倚着房门出了一回神，信步出来，看阶下新迸出的稚笋，不觉出了院门。①

在"出了一回神"旁，有甲戌本侧批：所谓"闲倚绣房吹柳絮"是也。——出自李商隐诗《访人不遇留别馆》，原句"闲倚绣帘吹柳絮"。而"稚笋"二字旁也有侧批：

---

① 《红楼梦脂评汇校本》，第321页。

妙妙！"笋根稚子无人见"，今得颦儿一见，何幸如之。——这句出自杜甫《绝句漫兴·糁径杨花铺白毡》。也就是说，曹雪芹不仅让林黛玉成为诗人，还使她生活在诗中，关于她日常的描写，其情景是从古人的诗句中化出来的。

我想，曹雪芹用心如此良苦，林黛玉的人格形象再不必多言了，她就是诗，超越了一切生活、现实，化身为爱情、真实。① 曹雪芹之爱诗与贾宝玉爱林黛玉似乎是一体的，唯有林黛玉在我国小说中首次化为诗性来亮相，譬如黛玉葬花的场景，历久弥新，被说唱、戏曲、戏剧、影视等形式无数次地搬演借鉴。张爱玲说："恋爱的定义之一，我想是夸张一个异性与其他一切异性的分别。"② 也因此，在贾宝玉的爱情生活中，乃至在通部《红楼梦》中，我们看到林黛玉的出类拔萃。不能不说，袭人、宝钗等都对宝玉有情，而林黛玉是唯一的。

---

① 看官记得鹡鸰香串否？北静王赠予贾宝玉时说"此系前日圣上亲赐"（第十五回），待到宝玉转赠黛玉，黛玉却说"什么臭男人拿过的！"（第十六回）。曹雪芹如此写，岂非皇帝也是臭男人？女儿清净如此！曹雪芹超脱如此！
② 张爱玲：《国语本〈海上花〉译后记》，（清）韩邦庆《海上花落》，张爱玲译注，第321页。

# 六 缠绵谁说梦中因

## 论曹雪芹

《红楼梦》的伟大之处在于它为"梦的文学"之书写树立了楷模,影响后世,另外将时间的悲剧提升为一种哲学性格,人的命运的真实性涵括于其中,从而显示出曹雪芹非凡的天才。

可是,本书谈论的《红楼梦》仅限八十回,一部残稿是否真的存在如此巨大的潜在力量?在未来,《红楼梦》还会不断受到欢迎并吸引越来越多的人去阅读、研究它吗?

我之所以佩服曹雪芹,起初在于其语言塑造力,雕琢了最美、最为日常化、最具人情事理的汉语表达;尔后便是他对笔下人物人格特性的掌握与描摹,前后如一,哪怕再复杂的性格也没有差池,就此而言,古希腊哲学家亚里斯多德所说的"性格必须一致"① 指出了一项创作圭臬。张爱玲是这样看待的:

> 《红楼梦》没写完还不要紧,被人续补了四十

---

① 参见〔古希腊〕亚里斯多德:《诗学》,罗念生译,人民文学出版社,1962,第47页。

回，又倒过来改前文，使凤姐、袭人、尤三姐都变了质，人物失去多面复杂性。凤姐虽然贪酷，并没有不贞。袭人虽然失节再嫁，"初试云雨情"是被宝玉强迫的，并没有半推半就。尤三姐放荡的过去被删掉了，殉情的女人必须是纯洁的。

    原著八十回中没有一件大事，除了晴雯之死。抄检大观园后，宝玉就快要搬出园去，但是那也不过是回到第二十三回入园前的生活，就只少了个晴雯。迎春是众姐妹中比较最不聪明可爱的一个，因此她的婚姻与死亡震撼性不大。大事都在后四十回内。原著可以说没有轮廓，即有也是隐隐的，经过近代的考据才明确起来。一向读者看来，是后四十回予以轮廓，前八十回只提供了细密真切的生活质地。①

即续书中许多主要人物"变了质"，戏剧的张力就此坍缩，虽然八十回中所写情节对于悲剧整体的大关键都只不过是勾勒线条，尚未填进夺人眼目的强烈色彩，但在这"细密真切的生活质地"中，我们也足以感受到主要角色的整体人格了，当然，这也是曹雪芹超拔的语言功底所铸

---

① 张爱玲：《国语本〈海上花〉译后记》，（清）韩邦庆《海上花落》，张爱玲译注，第332～333页。

就的。亚里斯多德这样说：

> 诗人在安排情节，用言词把它写出来的时候，应竭力把剧中情景摆在眼前，惟有这样，看得清清楚楚——仿佛置身于发生事件的现场中——才能做出适当的处理，决不至于疏忽其中的矛盾……此外，还应竭力用各种语言方式把它传达出来。被情感支配的人最能使人们相信他们的情感是真实的，因为人们都具有同样的天然倾向，惟有最真实的生气或忧愁的人，才能激起人们的忿怒和忧郁。（因此诗的艺术与其说是疯狂的人的事业，毋宁说是有天才的人的事业……）[1]

古希腊的诗人同时也是戏剧家，《红楼梦》既是小说，同时也是诗性存在的戏剧。当张爱玲断定曹雪芹的创作同古希腊悲剧作家的原则与手法如出一辙的时候，人们还有什么理由不相信她？在这里，古今中外，在真实的表达性上，并无太大差别，或者说这里"是有天才的人的事业"。

我在本书开始的时候，通过比较梦的文学之鼻祖，即庄子，与陀思妥耶夫斯基之间关于梦的主题所阐发的相似

---

[1] 〔古希腊〕亚里斯多德：《诗学》，罗念生译，第55~56页。

的哲学性思想，辗转于梦与真实之间的同质性，目的就是将本书分析的主要人物的人格性当作一种区别于现实存在的更高标准去看。脂评人之论《红楼梦》之梦的属性，与我所分析庄子、陀氏之思想合一，且看他说：

> 一部大书，起是梦，宝玉情是梦，贾瑞淫又是梦，秦之家计长策又是梦，今作诗也是梦，一并"风月鉴"亦从梦中所有，故"红楼梦"也。余今批评亦在梦中，特为梦中之人特作此一大梦也。脂砚斋。[1]

梦中评梦，亦为梦中之人所评，岂不连我，连同读者您，都复在梦中么？无论是"情"，还是"淫"，是《风月宝鉴》，还是《红楼梦》，无论是"家计"，还是"作诗"，脂砚斋在这里点到的，凡是与梦有关的，都为曹雪芹创作之枢机，我的分析即是要做到"枢始得其环中，以应无穷"[2]。看官们当然知道，不仅薛宝钗与林黛玉合传，而且袭人是薛宝钗性格的"对子"，晴雯是林黛玉性格的"对子"，贾宝玉男性人格中的女儿品质，以及王熙凤女性人格中的英雄品质，即角色性格中的阴、阳，凡此皆是曹雪芹

---

[1] 此为庚辰本一处夹批，参见《红楼梦脂评汇校本》，第581页。
[2] 语出《庄子·齐物论》。

以创作的整体结构的诸要件来布局的。当然还有诸如香菱与林黛玉悲剧身世的类同性，以及她们皆对于"诗性"理想有所接近的人生愿望等，另在"家计"方面，还环绕着诸如探春、平儿、鸳鸯等众钗鬟，其反面，即治家之难，又由赵姨娘、邢夫人等形象充任。如此玲珑剔透的格局，如不是思想中的清风明月，在芜杂的现实—历史中断难成型。故而，我把以"梦"为标记的真实与生存之现实对立起来，在一定意义上，更改了诸如余英时"两个世界"（理想与现实）的理论模型，让《红楼梦》更真实地显现出其思想样貌，因为，毕竟理想只能是现实中的理想，而梦或者真实可以抹去现实的存在，即如脂砚斋所言：你我同在梦中。真实即梦，梦即真实，在真实的梦里，现实焉在？

曹雪芹的创作因此影响了后世文学，比如清代韩邦庆所作之《海上花列传》。《海上花列传》只写过一个梦境，即最后一回结尾处，其笔法与曹雪芹写红玉的梦一模一样；且此书第一回中，作者也同样宣明这部写妓女生活的小说"却绝无半个淫亵秽污字样，盖总不离警觉提撕之旨云"[1]，与《红楼梦》"警幻"之"警"的意旨又相同。张爱玲故此谈道：

---

[1] （清）韩邦庆：《海上花开》，张爱玲译注，北京十月文艺出版社，2019，第21页。

有些地方他甚至于故意学《红楼梦》，如琪官、瑶官等小女伶住在梨花院落——《红楼梦》的芳官、藕官等住在梨香院。小赞学诗更是套香菱学诗。《海上花》里一对对的男女中，华铁眉、孙素兰二人唯一的两场戏是吵架与或多或少的言归于好，使人想起贾宝玉、林黛玉的屡次争吵重圆。①

当然，张爱玲自己的小说叙事也颇受《红楼梦》影响，如《金锁记》。但不管怎样，这些比较又是另外一个大题目了。我只是想证明《红楼梦》之所以为其后文学之楷模，是与曹雪芹表达的思想分不开的。

　　曹雪芹的思想不仅以书中所写七个梦境来表达，其对核心人物的勾画也都有幻笔成分，如贾宝玉的通灵玉、薛宝钗的金玉缘、林黛玉的还泪说，进而将他们的命运放在必然性的格式中，看官们再怎样想象后数十回的结局，也逃不出通灵宝玉终究还原为一块石头、宝钗即使嫁给宝玉也未能得到最终幸福、黛玉一定早夭的种种预设，也就是说，曹雪芹为他们的"命运"注定了悲剧性格。

　　舍勒是这样来定义"命运"的：

---

① 张爱玲：《国语本〈海上花〉译后记》，（清）韩邦庆《海上花落》，张爱玲译注，第329页。

命运临到我们，不是由我的意欲而生，也不是我们可以预测的……然而，A）它仍是一个有连贯意义的统一体。在我们看来，这种统一体表现为人的特性，与作用于它的外部和内部事件在个体身上的本质关联。……B）命运之特性，正是一种世界与人的谐调，它完全不依赖于意愿、意图、愿望，同时也不依赖于偶然的客观现实的事变，甚至不依赖于二者的结合和交替作用，C）它在生命过程的这种单义性中，向我们显露出来。只要命运在内容上肯定包含着"发生"在这个人身上的东西，即超出意志和意图之外的东西，那么，如果这种东西"发生"，它在内容上也肯定仅仅包含着D）恰恰只能发生在这一个道德主体上的东西。换言之，命运仅仅包含着这种东西：E）它存在于某些在性格学上受到严格限定的世界体验之可能性的活动空间中……一个人的实际爱的秩序的构成方式——而且是按照将他幼年期最初的爱的价值客体，逐渐功能化的、完全特定的法则的构成方式——主宰着他的命运内涵的进程。①

引文中 A－B－C－D－E 之结构是我标注的，为的是让读者

---

① 〔德〕马克思·舍勒：《爱的秩序》，孙周兴等译，第94~95页。

更清晰地明白这段话。我想以贾宝玉为例，将他放在这个结构里，解释他的命运的悲剧性。首先，A) 贾宝玉是一个个体，但不仅是一个现实存在的个体，他寓含一种人格，所以是"一个连贯意义的统一体"；B) 贾宝玉生在贾府，有宠他的，有害他的，他的家族从兴盛到衰败，这些都是在他的世界里偶然存在的事情，是他必须与那个世界相谐调的生活，但是他（它）们并不构成贾宝玉之命运，因为 C) 命运只在人格的一种单义性中显现，即本书所尝试分析的贾宝玉生命中的"女儿"二字，这是"按照将他幼年期最初的爱的价值客体，逐渐功能化的、完全特定的法则的构成方式"，主宰着他的命运；D) 虽然如此，贾宝玉毕竟还是一个道德主体，即他生活在以男子责任为家国担当的文化传统中，他的命运的单义性必然遭受非议；也就是说 E) 他的性格学的展开被严格限制、压抑在他的世界体验之中。如此一来，张爱玲说《红楼梦》完全是性格的悲剧，即便后来贾府被抄家只不过偶然地加速了悲剧的发展，又何尝不是真知灼见呢？在舍勒提供的关于"命运"的定义格式中，我们看到《红楼梦》的悲剧性不是通过人为创作使悲剧命运发生在众多人物身上，而是人格在其命运与时间中的悲剧性。这也是我之所以选择贾宝玉与王熙凤这两位主要人物的人格画出本书的经纬线的原因。王熙凤的人格单义性（或她的命运）同样遭遇她所在的那个世界的坎陷，主要是男性欲望主导下的婚姻悲剧，而男性之欲望的深层体现不外乎他们的自大，与王熙凤之英雄化的个性形成冲突。

　　世界与命运形成对抗，就像曹雪芹的生存环境与他的《红楼梦》形成对抗。我们知道他受过很好的私塾教育，但家族败落；也从其好友如敦敏、敦诚等人的诗文中知道他善饮、豪放，但总赊账，还要避免文字狱牵连。前文中，我指出过曹雪芹能够写出如此深刻的人物、构思如此深刻的主题，乃在于他天才的纯粹。然而，与世界对抗的他，没有恐惧吗？天才之为天才，能够从恐惧中获得解脱。舍勒在他的天才理论方面所说的多重维度的话，也可用来理解曹雪芹其人及其作品：

　　　　在主体方面，这意味着从精神的一切生存局限性不可分割的生存恐惧（Lebensangst）中得到解脱，正是这种生存恐惧造成了担心、期待、谋划、精明、谨慎、思想之实用性，从这个意义上看，生存恐惧是一切文明，即一般文明性精神的根源之一。只有在天才身上，或者在他与他的本质相应的心态中，才如席勒所说的："尘世俗人的恐惧"全然"消失"。[1]

--------

[1] 〔德〕马克思·舍勒：《世界观与政治领袖》，曹卫东等译，第143页。

看官们何不再审甲戌本"凡例",其中"不敢干涉朝廷""不敢以写儿女之笔墨唐突朝廷之上也""今风尘碌碌,一事无成""并非怨世骂时之书矣"等句子何尝没有担心、谨慎、精明、期待?所以,我认为,曹雪芹之所以创作《红楼梦》,"字字看来皆是血,十年辛苦不寻常",是要在创作中寻求解脱!

在心理学上,这种天才行为叫作"升华"。① 升华的创造行为也可以直接与"梦"相关。潘光旦先生是这样说的:

> 此种心理状态,在青年时代为多,至壮年或老年,与实际生活之接触日多,青年时一气呵成之空中楼阁乃风流云散;所谓往事如梦境者,壮年视之若梦境,当初固不无心理之真实也。
>
> 若是之心态之适用于文艺者,最显而易见。若适用于思想,则成种种玄学观念。若适用于社会改革,则其产果即为各色之乌托邦或各种臆断之主义。一人

---

① "西文中 genus 一词与 genius 一词盖出一源,前者指生殖,指物类,后者指天才,指创造;生殖与物类是欲力未经升华的结果,天才与创造则为欲力既经升华的效用,与此可以相互印证。"(〔英〕霭理士:《性心理学》,潘光旦译注,第 506~507 页。)

> 宝其哲学理想，若其第二生命者，初看殊不易索解，然理想既为自我之推，而一人对其自我又未尝不能发生恋爱，则其以第二生命视理想，理有固然也。①

即如曹雪芹将其后期生命的全部时间都奉献给了《红楼梦》，即其"第二生命理想"。潘先生这段话里也有"实际生活"（现实）、心理之"真实"及"理想"之分，但明言"理想"不过是真实之创作性的延续。如前文所述，余英时指出，曹雪芹年轻时一定经历过一段刻骨铭心的恋爱。从心理学上说，可以是事实，只不过曹雪芹年轻时"一气呵成之空中楼阁"，如《风月宝鉴》，在他对那段感情的后续纪念中，融入《红楼梦》，经过升华，从欲到情，完成了他的理想，毋宁说，始终如一的，是他葆有真实。

我在写作本书时，凡引用曹雪芹文字之处，皆按原文一字字审阅、录出，既出于敬仰，同时也想完成一次与他共在的写作历程，即如描红一般。当一字一字在指间的键盘下流淌出来，他所说的"满纸荒唐言，一把辛酸泪！都云作者痴，谁解其中味？"的况味，致使我多次伏案，泪

---

① 潘光旦：《冯小青》，第93～94页。

六　缠绵谁说梦中因：论曹雪芹

盈满腮。脂评人曾云："能解者方有心酸之泪，哭成此书。……今而后，惟愿造化主再出一芹一脂，是书何幸，余二人亦大快遂心于九泉矣。"——诚不我欺！

舍勒言道：

> 天才之爱的方向径直指向世界，不论他所爱者是什么，这对于他都是世界的一个象征，或者是某种他借以怀着爱包容作为整体的世界的东西。在他身上潜伏着一种对世界之在和本质自身的隐秘、虔诚的战栗，它与世界所有个别的积极事物和财富全然无关。非天才拘泥于事物的单纯差异价值，而且大都只是拘泥于事物的社会差异价值，而在天才身上，甚至空间和世界上之广延的时间、空气、水、土地、云雾、雨露和阳光都成了欢乐对象……①

试问：难道空间、时间、水、阳光之本质不是真实，不是诗性？难道人们没有拘泥于事物的差异性价值而忘记了真实、忘记了诗？且看曹雪芹在《红楼梦》中记下的两条偈语：

---

① 〔德〕马克思·舍勒：《世界观与政治领袖》，曹卫东等译，第 142～143 页。

花影不离身左右，鸟声只在耳东西。（第二十八回）①

身后有馀忘缩手，眼前无路想回头。（第二回）②

前句总括了《葬花吟》之创作，总括了宝玉聆听《葬花吟》之悲伤，他感受到的那空荡荡、飘零零的诗性，就在花花鸟鸟中间。甲戌本眉批：一大篇《葬花吟》却如此收拾，真好机杼笔法，令人焉得不叫绝称奇！——尘网中众生的悲伤莫非后一句偈语所言？曹雪芹所表达的与哲学家舍勒所分析的"拘泥于事物的社会差异价值"，难道不是一样的意思？

虽然有人如我为《红楼梦》伤怀，然而辛酸背后的曹雪芹看来也应是欢乐的，这体现在《红楼梦》的幽默上，亦如她的诗歌一样，令人过目不忘，趣味隽永。且不提王熙凤讲过的笑话，即便如刘姥姥、薛蟠、茗烟的多句台词，鬼判锁拿秦钟魂魄之贯通情节（第十六回），以及道士王一贴的"疗妒汤"（第八十回）等细枝末节处，无不让人忍俊不禁，掩卷可思。曹雪芹并非以悲剧的态度来创作悲剧，他内心的真实的力量是茁壮的。或许，这也就是普鲁斯特所说的真实的力量：

---

① 《红楼梦脂评汇校本》，第355页。
② 《红楼梦脂评汇校本》，第24页。

> 心灵倘若能从中释出真实，真实便能使心灵臻于更大的完善，并为它带来一种纯洁的欢乐。①

> 凡事如果只涉及我们的情感，那么，诗人说被生活粉碎的"神秘的线"便不无道理。然而更为真实的是生活在人与人之间、事件与事件之间不断地用这种线进行编织，穿梭交叉，重重叠叠，把它编得越来越厚，致使在我们过去的任何一个交点与其他交点之间形成了一张密密麻麻的回忆网，只需要我们作出联络上的选择。②

> 每个人都怀疑的真实，也正是我将努力阐明的真实。③

诗人就是要在被现实打断、粉碎的神秘的诗性的线上重新编织人与人之间的命运，织一张记忆的网。作为曹雪芹之记忆的《红楼梦》，是他要阐明的真实世界。

中国人不能没有《红楼梦》，哪怕《红楼梦》是残缺

---

① 〔法〕马塞尔·普鲁斯特：《追忆似水年华》（第七卷），徐和瑾、周国强译，第183页。
② 〔法〕马塞尔·普鲁斯特：《追忆似水年华》（第七卷），徐和瑾、周国强译，第323页。
③ 〔法〕马塞尔·普鲁斯特：《追忆似水年华》（第七卷），徐和瑾、周国强译，第337页。

的，因为她给予所有喜爱她的人的理念是完整的，与文本之残缺无关。舍勒言道：

> 从这一作品的每一残片，都可以以某种方式把握住其创作者之完整的精神个性，即整个艺术品之艺术意向；而且，原则上从此意向出发可以恢复其整体。A）如果一件完整的作品由于其承载形体的自然命运而遗失，而我们至少确知它的存在，那么，B）我们从这位天才的其余作品中所感知和所观察到的天才的世界，仍然使我们有可能以他的精神仿制这一遗失的作品。C）即便全部生命之作的载体的命运不容许我们如此做，我们也能够从为一种统一的个性意向主宰的其他艺术家们的仿效作品中推知，在这些作品的背后，有一个我们所不知的天才，我们可以对他的本质形成某种直接的理念。①

此处 A – B – C 的结构仍是我填入的。如 A），脂评人、红学家们所赠予我们的，不就是让我们至少确知曹雪芹的历史存在？如 B），韩邦庆、张爱玲、张恨水等作家，不就是以曹雪芹的精神仿制《红楼梦》这一部分散失的作品、

---

① 〔德〕马克思·舍勒：《世界观与政治领袖》，曹卫东等译，第 129 页。

残缺的作品？如 C），看官、读者哪怕从未读过或者从未有机会拥有一本《红楼梦》，从红学家、作家们的研究与笔触中，或仅仅听说过有个人曾历尽辛酸地创作了一部历史尘烟难以湮没的作品，难道不能一窥他的天才、他的天才的理念？所有这些事实的可能性根据，都在于舍勒此处的第一句话：作品的每一残片，都映射出作者完整的精神个性！中国古代文学以诗词创作为主要形式，亦固如此。如上所举曹雪芹的两句偈语，虽是一言半辞，却完整地体现了他的理念。在这一点上，舍勒的天才论，与前文用以分析曹雪芹之为一位天才时提到的魏宁格的天才论不谋而合。

在未来的时光中，是否还会有红学的兴盛，作家们的他山之石，看官们的趋之若鹜？只要有《红楼梦》在这个世界上，这些未完成的事业就会永远开展下去，因为"世界历史不论多么长久，都不足以把握住天才作品的内涵，都不足以明确而又与其价值相当地、完整地把握住它"[1]。

---

[1] 〔德〕马克思·舍勒：《世界观与政治领袖》，曹卫东等译，第126页。

# 跋

写作本书期间，我一直想起邢海宁先生，是她最早向我们推荐潘光旦的著作。我曾求学与现在工作的兰州大学哲学社会学院，有两个专业，即哲学与社会学，当年两个专业的学生都在一起上大课，即现在所谓的专业基础课，不分彼此。社会学的同学在那个时候热衷于谈论费孝通，邢老师对我们说，理解费孝通，还须学习他的老师潘光旦。

邢海宁先生是历史学家李文实先生的弟子，她自1985年深入果洛地区，做人类学田野调查，与其师所嘱相关。最初进入果洛地区，邢海宁还是一名学生，对她研究的课题一无所知，然而她在那里落脚扎根，一扎就是十年，将最美的青春奉献给了果洛研究，也错失了自己的婚育年龄。她一生只有一部著作，同样是"十年辛苦"的结晶，1994年《果洛藏族社会》出版。邢老师从青海省社会科学院藏学研究所调动至兰州大学哲学社会学院是在

2004 年，是年李先生以及邢老师的母亲离世。我当时读本科四年级，在大学上的最后一门课，就是邢老师的《人类学导论》。

邢老师之所以离开青海，是为了离开伤心之地，最亲的两位长辈先后离世，使她心里不堪重负。刚到兰州的那段日子，因缅怀李先生，日夜哭泣，左右又无朋友劝慰，身体上也就种下了病根。邢老师对学生特别亲，有时我们几位同学到她宿舍聊天，至晚间还依依不舍，舍不得离开，邢老师就给我们煮藏族牧民喝的砖茶，有香草调味，还要加奶。因为当时买来的牛奶是袋装的，邢老师就说还是不如藏民现挤的牛奶香甜，即便如此，那种醇香，我至今忘不掉。邢老师说，她最大的心愿就是回到果洛，每当她说起，在我印象里，果洛那块圣土，就仿佛人间天堂，有许许多多的灵，连起世世辈辈的情。

邢老师跟我们讲过一件趣事。有一次再回果洛，接待她的地方领导与她之前没有见过，却高兴地拿来一本书递给她，说："想要了解我们果洛，一定得先读完这本书。"邢老师拿在手里一看，不禁笑起来，正是她的《果洛藏族社会》。我现在手旁的这本书，是邢老师仙逝后，我已从教多年，我的学生听我给他们讲过邢老师的故事，从旧书网淘来送我的。邢老师在书中写道："在果洛很多牧民虽然不识字，但都能口诵《如意经》、《度母颂》等佛经，一些人还能口诵出精彩的大段祷文和愿文。……人们虽然如此虔诚地笃信佛教，但明了佛教教义的人极少。牧民经常性的宗教活动是，每人于清晨起身，要口诵祷词，边念玛尼，边干手中的事情。家中老年人一般无需干家务，则更专注于念玛尼。"①

邢老师也是第一位启发我关注"语言"的人。但她说的语言不是经过文学雕琢的语言，而是活生生的、人民在生产劳动中直接说出来、唱出来的"语言"。她向我们推荐过李文实先生的一篇文章《"少年"漫谭》，"少年"是青海河湟流域及甘肃大夏河及洮岷流域的民歌。李先生在文中说："照理说'少年'中大部分是谈情说意的情歌，应当以《红楼梦》的故事来起兴最为贴切，而就我所知道的'少年'来说，却无一处提到这方面的故事，大概因为《红楼梦》是具有较高艺术价值的文艺作品，为一般人所不能接受的缘故。"②邢老师也总是说："仲辉什么都好，要是再'接点儿地气'就更好了。"我如今写

---

① 邢海宁：《果洛藏族社会》，中国藏学出版社，1994，第181~182页。
② 李文实：《黄河远上》，商务印书馆，2019，第289页。

《红楼梦》，似乎仍未能接上地气，未能像先生那样，在汉、藏方言里穿梭自如、游刃有余，在与牧民共同的生活中感受甘醇。但当我读到"果洛的山歌……一般的牧民都能唱，因人而异，或多或少，牧人们在高山放牧或骑着马牛行走在草原，常以高亢的歌喉唱一曲曲山歌，来抒发情怀，解除寂寞，驱走疲劳"[1] 的时候，我和先生的心是在一起的。哲学与音乐有着一种空灵的（etheral）气息，世人的行走与歌唱却总在大地之上，这之间弥漫着深深诗意。我也仰望大地。当邢老师在课堂上为我们念诵李文实先生的诗，她眼中有泪。李先生病榻前，邢老师一直照顾，李先生去世后，她仅在老师的书架上找出两本《山海经》留作纪念，其中一本，邢老师送给了我。

得知邢老师去世的那天夜里，我梦见一场大雪，至今那梦中雪花落在身上的感觉还挥之不去。那是我自有记忆以来唯一一次梦见雪，我因此常常想起乔伊斯的雪，也把它记在了这本书里。

谨以此书怀念邢海宁先生！

我的学生说我对学生好，比起邢老师，实在有愧，万

---

[1] 邢海宁：《果洛藏族社会》，第209页。

不及一。我总是做不到邢老师能做到的，希望将来我的学生都能做得比我好。本书成书过程中，我的学生常婉琪、何彦昊、王云锋、阿卜杜萨拉木·麦麦提艾力提供了必要的帮助，一并致谢！

还有我的家人，在成长历程中，尤其女性长辈对我关爱备至，使我对《红楼梦》感同身受，借曹雪芹的一句诗来表达我的情意：

好云香护采芹人。

本书所有插图系据编辑胡百涛兄的意见，从清代绣像本等文献中一一甄选出来，这为文字增色许多。读者若能也像导演一样，依凭红楼人物的主要人格勾勒细腻的红楼场景，则我们的心灵与古人便都是相通的。

2022 年 6 月 19 日于达在堂

图书在版编目（CIP）数据

红楼人物心理探真 / 仲辉著 . -- 北京：社会科学文献出版社，2022.10
ISBN 978-7-5228-0809-3

Ⅰ.①红… Ⅱ.①仲… Ⅲ.①《红楼梦》人物-人物研究 Ⅳ.①I207.411

中国版本图书馆 CIP 数据核字（2022）第 176331 号

## 红楼人物心理探真

著　　者 / 仲　辉
出 版 人 / 王利民
责任编辑 / 胡百涛
责任印制 / 王京美

出　　版 / 社会科学文献出版社·人文分社（010）59367215
　　　　　 地址：北京市北三环中路甲29号院华龙大厦　邮编：100029
　　　　　 网址：www.ssap.com.cn
发　　行 / 社会科学文献出版社（010）59367028
印　　装 / 三河市东方印刷有限公司
规　　格 / 开　本：889mm×1194mm 1/32
　　　　　 印　张：10　字　数：169千字
版　　次 / 2022年10月第1版　2022年10月第1次印刷
书　　号 / ISBN 978-7-5228-0809-3
定　　价 / 88.00元

读者服务电话：4008918866

▲ 版权所有 翻印必究